「や……！　私、おかしい……！」
「これくらいで？　それは今後が大変だ。
あなたは、もっともっとおかしくなるんだから」
彼はあくまで優しく言って、今度はエレノアの胸をぱくりと口に含んだ。

十年眠って目覚めたら美貌の皇帝に執着溺愛されて皇后になってました!?

愛染乃唯

Vanilla文庫

十年眠って目覚めたら美貌の皇帝に執着溺愛されて皇后になってました!?

目次

イラスト／ゴゴちゃん

0. 指輪の誓い

「エレノア、しばらく会えないかもしれない」

うるわしい青年に深刻な顔で言われ、エレノアは困ってしまった。

目の前の青年と自分は家族でも恋人でもない、帝国騎士とただの聖女だ。

ふつうなら、たまのお祈りや悩み相談、治癒魔法を施すときに会うだけの関係である。

しばらく会えないのはなんの問題もない。

問題はこの騎士が、深夜なのに聖女宿舎の窓から入ってこようとしていることだ。

「アレク。来るときは神殿の正面玄関から来てって、いつも言っているはずです」

エレノアは粗末な寝間着にショールを羽織っただけの格好で、辛抱強く言い聞かせる。

一方のアレクは、聖女宿舎の窓枠に乗っかったまま、真剣な顔で言い返す。

「前はそうしてたけど、正面玄関は真夜中は開いてないじゃないか。俺は早朝でも深夜でもエレノアに会いたいんだから、こうするのが一番自然なんだよ」

（ううっ、またそうやって、可愛《かわい》いこと言う）

エレノアは、とっさにゆるみそうになった頬《ほお》を引き締めた。

「規則違反です。それで神殿長に怒られるのは私なんですよ?」

このカルドゥス帝国において、聖女とはちょっとした魔力で皆に貢献する女のことを言う。その力は女のみに発現するもので、持ち主は珍しいがゆえにしばしば迫害される。だからそういった女は聖女と名づけて建国の女神を崇《あが》める神殿に収容し、国が管理しているのだ。

とはいえその生活はけして楽ではない。

神殿に住めば三食には困らないが、贅沢《ぜいたく》はできないし結婚もできない。

神殿の規則は絶対で、それをやぶったら子どもみたいに叱り飛ばされる。

門限過ぎに宿舎に男を入れたなんてバレたら、夕食抜きくらいの罰は堅いだろう。

(だけど、こんなお坊ちゃんを窓から追い返すわけにはいかないんだよなあ)

エレノアは目の前の騎士の素性を知っている。

アレクシス・アディンセル、通称アレク。

大貴族も大貴族、公爵家の三男坊で、何不自由なく育ってきた十八歳の若者だ。

最近毎日神殿通いをしては、エレノアに相談をもちかけてくる。

ちなみに相談内容は、

『俺ってまつげが長すぎてあんまり強そうに見えないんだけど、抜くしかないかな?』

とか、

『意中の人の好みの男性がわからないんだけど、年下の男ってどう思う？』

とか、能天気なものばかりだ。

悩みがあまりにのんびりしているので、最初はエレノアも呆《あき》れ果てていた。

けれど段々それが癖になり、金髪巻き毛の陽気な青年と話すのが楽しくなって、最近では彼の来訪を期待していたふしもある。

エレノアは小さなため息を吐き、窓から数歩離れた。

「……しょうがないですね、お入りください」

アレクは軽やかに室内に降り立つと、ぎゅっとエレノアの手を握りしめる。

「ありがとう、エレノア。もしも駄目だって言われたら、朝まで頑張るつもりだったんだ」

「や、やめてください！　手がかじかんで落ちたら怪我《けが》をします！　ここは二階ですよ？」

「心配してくれるの？　嬉《うれ》しい、すごい、なんて優しいんだ……俺、エレノアが心配してくれるだけで、三日三晩くらいは窓にくっついていられる気がする」

「絶対駄目です！　絶対神殿長に見つかるし、聖女仲間にも見つかるし」

エレノアの抗議に、アレクは少し困り顔になった。

「そうか。俺はエレノアに会えるなら怒られるのくらい平気だけど。エレノアは敬虔《けいけん》な聖女だもんね。ねえ、だったら俺、朝までここにいるよ。エレノアが怒られそうになったら、全部俺が悪いって言ってあげる」

（この上目遣い……ほんとに、ほんとに可愛いっ……）

エレノアは内心頭を抱える。

アレクはけして小柄ではない。なのに可愛い。

少年らしさの残るアンバランスな体型とか、きらきらひかる真っ青な目とか、甘えてくるセリフとか、子犬みたいな仕草とかが、ついつい世話を焼きたくなるのだ。

（べたべたに甘やかしたくなるけど、ダメ。私は聖女だし、この人は大貴族のご子息だし。適切な距離をとって、キリッとしていなくちゃ）

エレノアはどうにか自分を立て直し、そっとアレクの手を振りほどく。

「またそういうことを言う……。朝まではダメですよ。聖女だって腐っても女だし、あなたは公爵家の生まれなんだから。もっと慎重になってくださらないと、ご家族も心配します」

そのまま聖女宿舎の隅まで行って、粗末な椅子を持ってきた。

窓辺から隅まで行くのに、ほんの数歩。聖女宿舎はひどく狭い。

あるのは硬いベッドと小さな円卓、粗末な椅子、箪笥《たんす》がひとつ、姿見がひとつ。あとはランプ。これだけだ。

何もかもが古ぼけて埃《ほこり》をかぶった部屋の中で、アレクだけが美しい。

「エレノアは腐ってなんかない。生まれがなんだ。三男なんかせいぜい小さな村ひとつもらえるくらいだよ」

ふてくされたような顔で言う彼は、まさに全身が宝飾品のよう。

金モールをふんだんに使った軍服が美しいだけではなくて、造作もまた『高級』と言いたいようなものなのだ。

軍事教練で象牙色に焼けた肌はどこまでもなめらかで、すうっと高い鼻の両側に甘く垂れた目が配されている。よく光る青い瞳は青玉そのもの、金の巻き毛は本物の金糸同然に輝き、幼いかたくなさを載せた唇はまったく荒れていない。

（本当にきれいで、幸せそうで……私とは、住んでいる世界が違う人）

そう思うと、浮ついていた心もすとんと落ち着く。

この人がどれだけ可愛くても、自分に懐いてくれていても、二人の距離は果てしなく遠い。道はけして交わらない。

「村ひとつ、充分じゃないでしょうか。私は生まれてすぐに神殿の前に捨てられたから、親からもらえたのは、おくるみの布と、古い指輪と、自分が入っていた籠だけ。それでも死なないで済んだんだから、感謝はしているつもりですよ。もちろん、毎日の黒パンとスープにも」

アレクに椅子を勧めながら、エレノアは語る。

生きていれば、あとは頑張り次第でどうにかなる。

捨て子で後ろ盾のないエレノアの座右の銘は、これにつきる。

頑張って仕事をして、頑張って奉仕をして、頑張って生活をして。

そうすれば自分のことはどうにかなるし、少しの他人も幸せにできるかもしれない。

自分の人生はそれでいいと、エレノアは思っている。

(だから、アレクにも、きちんとしたお姉さんとして助言をする。ただ、それだけ)

エレノアは二十歳。

アレクとは二歳しか違わないが、夢は叶《かな》わないものだと知っていた。

一方、エレノアの話を聞いたアレクはふっと表情を陰らせる。

椅子を無視して近づいてくると、胸と胸が触れそうな位置で真剣に告げた。

「……ごめん、エレノア。俺が出世したら、あふれるほど神殿に寄付をする。あなたにはあらゆるものを贈るよ。信じられないくらいかわいいお菓子とか、似合う服とか。だからそのときは、俺のものになってくれないか?」

「俺の、もの……?」

エレノアは少しびっくりして、目の前の美しい顔をまじまじと見つめる。

（えっ。まるで告白みたいだけど、そんなわけ、ないよね？）

とっとっとっ、と勝手に胸は高鳴ってしまうけれど、そんなわけはない。

たとえ本当の告白でも、聖女は結婚できる身分ではない。

ましてや、公爵のご子息とだなんて。

（何かの間違い。言葉のあや）

自分にそう言い聞かせ、エレノアはお姉さんの顔でにこりと笑う。

「寄付はありがたくいただきます。他の聖女たちも、きっと喜ぶと思います。でも、私だけが贅沢すぎるものを受け取るわけにはいきません。建国の女神アステールの教えに従い、私たちはすべてを分かち合うし、誰かのものにはなれないんです」

「そんな……。俺は、あなただけでいいんだけど……」

（しょぼんとしてる！　ものすごくしょぼんとしてる……！　捨て犬なの？　可愛い、拾いたい、抱きしめたい、ごはん食べさせたい、でも違うの、この人は犬じゃないし、私は聖女！　私、現実を見て！）

心臓が締め付けられるような感覚に内心身もだえしエレノアはアレクから目を逸《そ》らした。

心を落ち着けるものを求めて、傍らの姿見を見る。

そこにはエレノアの姿がぼんやりと映りこんでいた。

シミが目立たないよう茶色く染められた寝間着とショールをまとい、ブルネットをひっつめた、痩せた女。胸ばかりは少々大きいが、顔立ちも幼げでぱっとしないし、目は赤に近い紫でまがまがしい。

（うん。やっぱり、釣り合わない）

確かめると、多少は我に返ることができた。

エレノアはこっそりと深呼吸をし、アレクに敬虔そうな笑みを向ける。

「未来よりも、今の話をしませんか？　何か悩みがあって来られたのでは？」

すると、アレクの顔はますます曇る。

「悩み……そうだね。しばらく、あなたに会えないかもしれなくて」

「休暇でも取って、別邸に行かれるとかでしょうか？」

なるべく何気なく言い、エレノアはアレクから距離を取った。あまり間近で話を聞いていると、また心臓が騒いでしまいそうだ。

エレノアが粗末な寝台の隅に座ると、アレクが言う。

「そうじゃない。今は、理由は話せない」

不思議なくらい深刻な声に、エレノアはアレクを見上げた。

「……アレク？」

ランプの光ひとつしかない部屋で、アレクの青い瞳が淡く光って見える。

極上の宝石みたいな目が、揺れている。今まで見たこともないくらい、揺れている。

彼はエレノアをじっと見下ろしたのち、かすれた声で囁《ささや》く。

「ねえ……エレノア。俺を、抱きしめてもらっても、いい？」

美しい男の、みっともなく揺れる声。

エレノアは小さく息を呑《の》んだ。

どうしたことだろう、今までかわいらしくも自信満々に見えていた青年に、巨大な不安がのしかかっているのがわかる。

エレノアは急いでうなずいた。

「もちろん」

「……ありがとう」

アレクは囁き、エレノアの前に膝を突いた。そしてそのまま、エレノアの腰に抱きつく。

エレノアは迷わずアレクを抱き返した。

仕立てのいい軍服のなめらかな感触と、日向《ひなた》みたいな匂い。

見た目よりがっしりした体が、かすかに震えているのがわかる。

「俺に……力があればいいのにな。フィンレーみたいな」

「フィンレーって、あのフィンレーですか？」

アレクは答えず、ただただエレノアに抱きついている。

彼の言うフィンレーは、おそらく、エレノアたちが住むカルドゥス帝国の建国神話に出てくる騎士のことだろう。

カルドゥスと名付けられる前、この周辺は邪悪な瘴気渦巻く土地であった。

それを、正しい心と魔法の力で祓《はら》って人の住める土地にしたのが、カルドゥス帝国初代皇帝と、それを助けた騎士、フィンレーなのだ。

皇帝とフィンレーは、その行いの正しさから慈愛の女神アステールの加護を受け、魔法を使えたとも言う。

(あんな伝説の存在の力が欲しいなんて……何かこの人に、大変なことが起きるんだ)

とっさに腕に力をこめ、エレノアはアレクをさらに強くかき抱く。

アレクも、さらに力をこめてすがりついてくる。

しばらく、言葉はなかった。

ふたりはただひたすらに、抱き合っていた。

触れていると彼の不安が、動揺が、耐えがたい苦しみがしみこんでくる気がして、エレノアは思わずぎゅっと目をつむる。

生まれがよくて、何不自由なく育った人でも、こんなに不安になるのだ。

眠れない夜があるから、真夜中に自分のような女の窓を叩《たた》くのだ。

そう思うと、腕の中の人が余計に愛《いと》おしく思えてくる。

(もしかして……何か、危険な任務に就くのかも)

不意にそのことに思い至ると、エレノアは心がひどくざわつくのを感じた。

エレノアとアレクが住まうカルドゥス帝国は島国であり、海の向こうの隣国であるアケル王国とは長らく戦争状態にある。

それゆえ双方常設の陸、海軍を維持していたのだが、ここ数年は遠い植民地で小競り合いをするだけの小康状態にある。徴兵で集められた兵士たちは解雇され、騎士たちもいずれ半給扱いになるのでは、という噂《うわさ》であった。

だからアレクのような騎士が、この帝都で毎日神殿通いなどできていたわけなのだ。

しかしいざ戦争が再開されれば、騎士は前線で徴兵した兵士たちを指揮する立場にある。

武勲を立てれば爵位を授けられることもあるが、戦闘となれば平の兵士の次に――ことによっては先頭に立つぶん、平の兵士よりも死にやすい立場だ。

ひょっとして、また戦争が始まるのだろうか？

戦争になったら、この美しい人も戦うのだろうか？

(もしも、もしもアレクが死んだら……どうしよう)

考えると目の奥が熱くなってしまい、エレノアは小さく首を振った。

「エレノア？　不安にさせた？」

心配そうなアレクの声に、エレノアは無理矢理《むりやり》目を開ける。

アレクが戦場に出るのなら、不安なのは彼のほうだ。

エレノアは腹に力をこめ、なるべく朗らかに笑う。

「いいえ。あなたが赤ちゃんみたいで、少し面白かっただけ」

「赤ちゃんだなんて、エレノア……！　たったのふたつしか違わないんだよ？」

アレクは少々恨みがましい目で見つめてくる。

エレノアはアレクの腕を軽く叩いて外させ、立ち上がりながら言う。

「ごめんなさい。あんまり心細そうな顔だったから。……そうだ、これ」

エレノアは部屋の隅の書き物机に歩み寄った。

引き出しから取り出したのは、古びた指輪だ。

自分が神殿の前に捨てられたとき、産着に押しこまれていた、唯一のもの。

大切なものではあるが、これでアレクを元気づけられるなら安いものだ。

エレノアは指輪を差し出しながら、なるべく優しい笑みを浮かべようと頑張った。

「あのね、アレク。不安を追い払う魔法というのは、ないんです。不安は影のようなもので、みんなの足下にこびりついて、決して離れようとはしないから。でも、こうしたお守りを使えば、少しだけ不安を和らげることができますよ」

「お守り……それが？　ずいぶん古いものに見える」

「市場で求めた安物だから、神話の英雄の力なんか宿ってはいませんけれど。よければ、これがあなたを守ると信じてください。信じる心だけが、私たちを救ってくれますから」

受け取りやすいように嘘《うそ》を交えて言うと、アレクは目を瞠《みは》ってエレノアを見つめてきた。

安物の指輪なんて要らないと言われるかな、というエレノアの不安は、アレクの瞳のきらめきですぐに追い払われていく。

彼のふたつの青い瞳はエレノアの指輪なんかよりよほど高価そうだったし、そこに映るエレノアの姿も輝かしい貴婦人のように見えた。

アレクは騎士のマントをさばいて、改めてエレノアの前にひざまずく。

そうして、指輪を差し出したエレノアの手を下からそうっと支えると、薄紅に染まった唇で恭しく指輪に口づけて、囁いた。

「エレノア。俺は信じる。この指輪にかけて……俺は、絶対にあなたのところに帰ってくる」

彼の声はいつもとは別人のように重く、決意を感じさせるものだった。

† † †

エレノアがアレクに指輪を渡してから、ほどなくカルドゥス帝国は戦火に呑まれた。

謎の軍団が首都の城壁をやすやすと突破し、宮殿まで攻め上ったのだ。

敵はアケル王国だとか、いや、他の国だとか、カルドゥスの隅に追いやられた少数民族だとか、様々な情報が飛び交うものの、誰もはっきりしたことは知らないようだ。

(相手が誰でも、とにかく、一刻も早く平和になるといいのに)

聖女であるエレノアの望みは、平和。それに尽きる。

とはいえ彼女にできるのは、淡い魔法の力で傷ついた兵士たちを癒やすことだけ。

王宮近くにある神殿は、すっかり野戦病院と化している。エレノアは今日もふらふらになるまで兵士たちを癒やして回り、夜中にやっと隙間時間ができた。

「ふう」

エレノアは神殿の裏で地べたに座りこむ。

神殿内の部屋は、宿舎もすべて傷病兵に明け渡してしまった。エレノアが休めるのは、野外のこんな場所だけだ。

ふらつく頭を後ろに倒してみれば、真っ黒な夜空にきらめく星々が散らばっている。

(地上でこれだけ醜いことが起こっても、星だけは、きれい)

そんなことを考えていると、ふっとアレクの目を思い出した。

真っ青にきらめいていたあの目は、本当に美しかった。

「アレク、無事だといいけど」

ぽそり、と口の中でつぶやく。

あのきれいな目が、今は血なまぐさい死体を映している。そう思うとエレノアはいたたまれなくなってしまう。

それどころか、彼は今、血まみれの剣を握っているのかもしれない。

「……仕事に、戻ろう」

すっかり落ち着かない気分になってしまい、エレノアはよろよろと立ち上がった。

体も精神も疲れ果てて悲鳴を上げている。それでも、ひとりでも多くの人を癒やしたい。

もしかしたら、アレクも神殿に担ぎ込まれているかもしれないのだ。

「頑張ろう。頑張らなきゃ。大丈夫、きっと、できる」

口の中でつぶやきながら、エレノアは首から提げた革製水筒の水をぐっと飲み干した。

水に苦みを感じて顔をしかめ、口元をぬぐう。

空腹でも、渇きさえどうにかなれば働ける。

そう思って、神殿の玄関へ向かって歩き出す。

が、そのとき、目の前がいきなり暗くなった。

(え？　何？　何も、見えない。何も……星すら)

もがくように指を動かした。

それが、最後。


エレノアの意識はぶっつりと途切れ、真の闇に沈む。

1. 皇后エレノアの目覚め

気絶して以来、エレノアは長い長い夢をみていた。

夢の中で自分は重い鎧《よろい》を身につけ、よろよろと歩いている。

(全身がぼろきれになったみたい。疲れたな。もう一歩も歩きたくないな。でも、歩かなきゃいけないいな。どうにかして、先に行かなきゃ)

「どうして？　なんでそんなにぼろぼろになって、先へ行くの？」

「え……？」

澄んだ声に顔を上げると、薄衣をはおった美女がたたずんでいる。

夢の中のエレノアは、ゆっくり瞬きながら考えた。

なんで、こんな場所にこんな人がいるのだろう。

ここは、邪悪な魔法で穢《けが》れた大地だ。エレノアの体は鎧に守られていてもぼろぼろなのに、目の前の美女は頭のてっぺんからつまさきまで、完璧に美しい。

不思議に思いながら、エレノアは答える。

「みんなが、待っているんです。故郷のみんなが」

「そう。故郷はどんなところ？」

「素敵なところでしたが、今は水が涸《か》れ、空気は乾き、森は燃え続けています」

「まあ……なんてこと。そうなってしまっては、もう住めないわね」

「はい。だから私、この地を住めるようにしに来たんです」

「どうやって、住めるようにするの？」

「私には、生まれつき癒やしの力があるんです。これで穢れた土地を癒やします」

（あ……わかった。これって、建国神話の夢だ）

夢の中で気付き、エレノアはまじまじと目の前の美女を見つめ直した。

自分は多分、初代皇帝、薔薇の女帝の役。

癒やしの力で島全体を浄化し、一族を島の向こうから移住させて帝国を築いた。

そして目の前の美女は、建国の女神アステールのはずだ。アステールは自己犠牲の精神で土地を癒やし続ける薔薇の女帝に感服し、彼女とその一族に祝福を与えた。

（神像で見るときより、気さくな美女に見える。アステールって、実際にはこんなお顔だったのかな？）

アステールはエレノアを、薔薇の女帝を見つめると、にっこり笑う。

「あなたって、可愛い。甘いお菓子をあげたくなるわ」

「えっ？」

「だって、そんな程度の魔力しかないのに、とっても頑張っているんですもの。どうしたって甘やかしたくなっちゃう。ほらほら、美味《おい》しそうでしょう？」

アステールはにこにことエレノアを指さす。

すると、エレノアの手の中に淡い薔薇色の皿にのったお菓子が出現した。

普段のエレノアが食べているもそもそした雑穀のビスケットではなくて、香り高いふかふかの生地をいくつも重ね、色とりどりのクリームをとろりとかけて、砂糖菓子の花を飾ったかわいいケーキだ。

（うわあ、美味しそう！　……私、お腹《なか》が空《す》いてるから、こんな夢をみてるのかな）

本物の薔薇の女帝に申し訳ない気分になっていると、アステールは続けた。

「あなたの後ろの敬虔な騎士にも、ありったけのお菓子をあげる。おいでなさい。私の大事な子を守ってくれて、ありがとう」

「騎士って、フィンレー？」

エレノアは思わず声をあげ、勢いよく背後を振り返る。

薔薇の女帝を守り続けたフィンレーは、世にも美しい男だったと伝えられている。

夢の中でも、せめて一度その顔を見てみたいと思った。

が、振り返った途端、強い光で目がくらむ。

（明るい……明るすぎる）
真っ白な光の世界は、うっすらと甘い匂いがした。
まばゆい光でよく見えないが、誰かの顔が目の前にある気はする。
きらきら、きらきらと光る金色の髪。
唇が動いて、何かを囁く。
「……ノア……」
エレノアの名を呼んだ、その声には、覚えがあった。
そして、目の前の人の柔らかい唇が、エレノアの唇に重なる。
「…………？」
急激に視界が鮮やかになり、エレノアは夢から覚醒した。
目を見開き、目の前の現実を見つめる。
やっぱり、顔があった。
人の、男の顔が。
唇には柔らかな感触があって、つまり、それは、キスだった。
（な、ななな、なんで、私、寝起きにキス、してるの……？）
「んっ……んんっ……」
必死にもがくと、相手は唇を離す。

気付けばエレノアは白いふかふかの寝台に横たわっていて、相手は寝台に腰掛けているようだ。窓からまばゆい光が飛びこんで来て、相手の顔がよく見えない。

「な……なにを、するんです……？　いきなりキス、うう、けほっ、けほっ……」

思い切り叫びたかったが、喉が嗄《か》れてうまく叫べなかった。

まるで、長いこと喋《しゃべ》っていなかったかのようだ。

エレノアが咳《せ》きこんでいると、大きな手が背中に当てられる。

「っ……！」

びくりとして体をこわばらせると、手は慈《いつく》しむように背中を撫《な》でて、離れていった。

次にその手はエレノアの顎をとらえ、包みこむような美声が囁きかける。

「待っていた。あなたが目覚めるのを、魂のすべてを捧《ささ》げて待っていた。……ずっと」

（……優しい声、だ。優しいけど、熱い）

それにやっぱり、聞き覚えがある気がする。

エレノアは光に耐え、おそるおそる目を懲らした。

徐々にはっきり見えてくるその男は、見たこともないほどまばゆかった。

金の髪が、真っ白な軍服が、そこに映える金ボタンとモールと無数の勲章と、柔らかそうな毛皮襟の青いケープが、光にきらきらと輝いている。

見るからに身分がある、年の頃なら三十歳よりは少し前の男性だろうか。

肩幅が広く鋭角で、手足は少し長いほう。それでも少しも持て余している感じはない。

彼は官能的なほどにうっとりとエレノアの顔を鑑賞したのち、顎から手を放してくれた。

「キスの件は申し訳なかった。心から謝ろう。了解を取ろうにも、眠っているあなたに了解を取る方法がなかったんだ」

胸に手を当てて謝罪する姿は、どこまでも真摯で優雅だ。堂に入った所作に、エレノアは思わずぼうっとしてしまった。

（なんてきれいで、紳士的な人なんだろう。ん？　でも、何か変なような？）

エレノアは少し考えこんだのち、一生懸命言う。

「あの。だったら、眠っている間にキスしなければいいのではないですか？」

金髪の紳士はきらめく目を細めて、きっぱりと答えた。

「それは難しいな。起きている間だけでは、あまりに時間が足りない」

「そ、そうですか？　っていうかそもそも、聖女に気軽にキスしないでくださいっ！」

（ううっ、まずい、この人の調子についつい巻きこまれちゃう！）

エレノアは必死に主張するが、相手はさらに上手だ。

寝台に手をついて身を乗り出すと、とんでもなく美しい顔をエレノアに近づけてくる。

「気軽にしたことはない。いつでも俺は真剣そのものだ。この目を見てくれ」

「め、目を見たって、真剣かどうかなんてわかりませんっ！」

（うううう、まつげ長い、目がきれい、ちょっと疲れた感じの隈《くま》が色っぽい、はらっとこぼれた前髪が艶《なま》めかしい、な、なんなの、この方っ……！）

エレノアは、勝手に胸がドキドキし出すのを必死に抑えつけた。

こんな顔を間近で見ていたら、どうにかしてしまいそうだ。

とっさにうつむいたエレノアに、男は甘い声で続ける。

「では、この場で胸を裂いて清廉潔白な心臓を見せるのは？」

「っ……！　嫌っ！　ダメですっ？」

エレノアは弾かれたように顔を上げ、男の手を握った。

「いいですか？　冗談でも、軽々しく自分を傷つけるようなことを言ってはダメ。あなたもこの国に生まれた限り、女神アステールに愛されているのですから」

真剣に訴えかけると、男の視線は徐々に熱を帯びる。

彼はエレノアの顔を見つめ、握られた手を宝物のように持ち上げた。そのままエレノアの指にそうっと唇を押しつける。

またそんなことを、とエレノアは言いかけるが、男の熱いつぶやきに遮られた。

「ああ……あなたはやっぱり、昔のままだ」

（昔の、まま？）

一体どういう意味だろう。

エレノアはあらためて、目の前の男を見つめた。

「あなた、一体、どなた……？　私たち、会ったことがあるのでしょうか？」

おそるおそる問うてみる。二十年の聖女生活は地味で、貧しくて、こんなきらきらした人との接点は式典のときくらいだったはずだ。

男はエレノアの問いを聞くと、少し困ったように笑った。

彼が金のまつげを伏せると、美しい顔に急に深い愁いの影がかかる。

陽光が陰ったかのようなその変化に、エレノアはどきりとしてしまった。

愁いを帯びてすら、目の前の人は美しい。

いや、さらに震えたつような色気をまとうと言ってもいいだろう。

宝石みたいな青い瞳がぐんぐん暗く沈んでいくのを見つめていると、エレノアは急にある青年を思い出した。

（アレクだ。窓からやってきた日、アレクはこの人によく似た目をしていた）

よくよく見れば顔立ちも大層似ている。高貴であり、宝飾品のように美しい。

アレクと違うのは、日々の鍛錬と壮絶な経験を感じさせるこけた頬と、瞳の暗さの深度だ。

アレクも戦場に放りこまれて十年経《た》ったら、このような男性になるのかもしれない。

エレノアは彼を見つめたまま、躊躇《ためら》いがちに聞いてみる。

「ひょっとして……アレクの、ご親族……？」

「よかった、覚えていてくれた」

不意に彼の声が柔らかくなり、次の瞬間、男性はエレノアを抱きしめた。

ふわりと高貴な香りが漂い、上質な生地の感触と、その奥に鍛えられた男の体を感じる。

「……！」

エレノアはびっくりして彼を押し返そうとした。

が、その前に彼は言う。

「俺だ。アレクシス・アディンセル」

「え？　え？　え……？」

頭の中が一気に混乱した。

（アレク？　この人が？　あの、年下騎士の、アレク？）

「嘘でしょう、あなた、どう見ても私より年上です！」

エレノアは力を振り絞って相手を振り払い、改めて男を見つめた。

アレクと名乗った男は、ぱらりと顔にかかった幾筋かの金髪をかき上げながら、切れ長の目を細めて言う。

「それはあなたが十年も眠っていたからだ。俺にとっては、あまりにも長い不在だった」

「十年、眠っていた……？」

もうオウム返しに叫ぶしかない。

エレノアは慌てて自分を見下ろす。真っ白なハイウエストの寝間着をまとった自分は、しわしわだったりガリガリだったりはしていないようだ。

「いや、だって、普通ですよ、見た目！　十年寝てたら死んじゃうはずでしょ?」

エレノアが主張すると、アレクは少々むっとした様子だった。

「あなたの見た目は普通じゃない。天上の光、至高の旋律、もしくは女神そのものだ。ちゃんと鏡を見てから発言してくれ」

言い聞かせる声音で言い、エレノアの頭を横に向けさせる。

そこには黄金の飾り枠がついた姿見があり、エレノアの姿が映りこんでいた。

寝起きとは思えないほどに美しく髪を整えられ、そこにちらほらと造花の小花を散らされ、顔にはうっすらと化粧すらほどこされた姿は、確かにどこか女神めいている。

化粧のせいか、丸っこい目も幼いというより、柔らかな印象だ。

寝間着自体もドレスと見まごうばかりの豪華なもので、肩紐《かたひも》にも胸元にも繊細なフリルが寄せられ、上等な布で柔らかく支えられた胸は、以前よりもボリュームが増した気がする。

「……確かに、今まで見た中では一番きれいな姿になってます。なってますけど、どうしても十歳も歳を取ったようには見えません……！　やっぱり、十年寝ていたなんて嘘なんじゃ？」

祈るような気持ちで主張するが、アレクは慈悲深く頷《うなず》く。

「すぐに信じられないのは仕方ないことだ。ゆっくり慣れたらいい。俺はいくらでも待つよ。これから互いの命果てるまで、俺とあなたは離れることはないのだから」

「離れることは、ない？　そんなの、まるで……」

結婚したみたいな言い方じゃないですか。

そう言おうとして、エレノアは言葉を呑みこむ。

（いくらなんでも、こんな美しい身分のある人と、聖女の自分が結婚なんて、ありえない）

エレノアは、胸に手を当てて自分を落ち着かせる。

が、アレクは容赦なく言った。

「そういえば、まだ言っていなかったね。俺たちは結婚したんだ」

「い……今、なんて？」

エレノアははしたなく叫び、がばっとアレクのほうを見る。

アレクは、整いすぎた顔のバランスを色っぽく崩す、大きめの口でにっこり笑った。

「結婚だよ。永遠を誓い、契りを結び、子をなし、死が二人を分かつまで共にいる結婚だ」

「……っ……！」

臆面もなく言われてしまい、エレノアはかあっと顔が熱くなるのを感じる。

(落ち着いて。こんなのはきっと冗談なんだから)

こんな言葉に翻弄される自分が情けない。

エレノアは聖女だ。つましく暮らし、貧しい庶民とふれあいながら生きてきた。

だから、夢は夢だとわかっている。夢はけして現実にはならない。

きっと、目の前の貴公子は、自分をからかっているのだ。

エレノアは必死に反論の言葉を探し、叫んだ。

「無理です！　わた、私は、聖女ですよ？」

「いいところに気付いてくれた。そう、あなたは聖女だ。かつての法典に従えば、聖女は誰とも結婚できないということになっていた」

「そうですよね。だから……」

「今は違う。聖女でも、皇帝の許可があれば結婚できる、ということになった」

「聖女でも、結婚、できる？　い、い、いつの間に、そんな……何かの間違いでは？」

必死に食い下がるものの、アレクはあっさり即答する。

「七年前、俺が皇帝になったときに法典を書き換えた」

「こ、こ、こ皇帝になって、ほ、法典を？」

とんでもない単語がどんどん出てくる。

まともに喋れなくなってきたエレノアに、アレクは優しく寄り添った。

薄くさらりとした生地の寝間着の背をさすり、顔をのぞきこむように問う。

「そう、皇帝になった。十年前の戦争のことは覚えているかい？」

「それ、は……」

急に近くに寄られると、びくりとしてしまう。

アレクはそんなエレノアを目を細めて見つめ、涼やかに笑った。

「あれは俺が起こした戦争だ」

「……なんですって……？」

今、何を言われたのだろう。

聞き間違いであってほしい。そんな願いをこめて、エレノアはアレクを凝視する。

昔のアレクならエレノアの視線に戸惑っただろうが、目の前の彼は唇に笑みを湛《たた》えて囁く。

「わかりやすく言えば、皇位簒奪《さんだつ》を試みたのだ。あなたのために」

皇位簒奪。

つまり、自ら内戦を起こし、皇帝を手にかけ、自分が皇帝を名乗っている、ということ。

エレノアは、信じられない気持ちでアレクに聞く。

「冗談ですよね」

「冗談を言っている顔に見えるかな」

そう言って小首をかしげるアレクの顔は、どう見ても完璧に美しくて、美しすぎて仮面のようだ。嘘を吐いているようにも見えないが、真実を語っているようにも見えない。

(どうして？　どうして、そんなことをしたの？　どうして？)

エレノアは泣きたいような気持ちで、小さく首を横に振る。

「……わかりません。あなたのこと、何もわからない。あなたが本当にアレクなのかも、今、何を考えているのかも……！」

「ああ、悲しい顔をさせてしまった。すまない、エレノア」

アレクはわずかに眉尻を下げ、エレノアの髪を長い指にからめて梳《す》いた。

そのまま体に触れられるかと思って、エレノアはびくりと震える。

が、アレクは礼儀正しく髪を背中に流してくれただけだった。

「今はまだ説明できないことが多いけれど、たったひとつだけ、今ここで信じて。俺は、二度とあなたを手放す気はない」

耳に心地よい美声が、静かな力をこめて言う。

エレノアは、軽く息が詰まるのを感じた。

この人は本気だ。

（でも、どうして）

混乱しきって固まったエレノアを見て、アレクはかすかに笑う。

彼は寝台から降りてケープをさばき、優雅にひざまずく。

若き騎士だったころと同じように恭しく頭を下げ、彼はエレノアの手を取って口づけた。

「愛しいエレノア。俺の心臓はあなたのもの。あなたの身体は俺のものだ。もう、俺以外の誰にも触れさせない」

静かだが重みのある言葉を置いて、アレクは立ち上がった。

「……侍女たちを寄こそう。まずはゆっくりと体調を戻してほしい。また来るよ、我が皇后」

優しく言って身を翻す彼を見送りながら、エレノアは呆然《ぼうぜん》としている。

アレクは召し使いに両開きの扉を開けさせると、ふと振り返った。

「そうだ。あなたが起きているうちに聞いておこう。明日もキスしてもいいかな」

「っ……！　だ、ダメです、これ以上は……！」

必死の思いで答えるエレノアに、アレクは蜜がこぼれるような笑みを浮かべる。

「そうか、残念。ならばまた、次の機会に許可を取ろう。ざっと三千回はキスさせてもらったから、我慢は利くよ。では」

（さん、ぜん）

呆然とするエレノアを置いて、アレクは部屋から出て行った。

† † †

エレノアはまだ、目覚めたときと同じ部屋に転がっている。

『十年間眠っていた』と言われた衝撃の目覚めから二週間。

今まで一万回ほど繰り返した思考を、エレノアはまた繰り返す。

(どうして、こんなことになっちゃったんだろうなあ)


「はあ……」

エレノアは深い深いため息を吐き、寝台の上から室内を見渡した。

(何度見てもきれいな部屋。きれいすぎて、やることがない)

エレノアがいる部屋は円形で、どこもかしこも美しく飾られている。

石壁はカルドゥス各地の絶景を織り上げたタペストリーで埋まり、床には花の咲き誇るふかふかの絨毯《じゅうたん》が敷かれていた。

部屋の真ん中に置かれた寝台はやけに大きい。小柄なエレノアなら五人くらい眠れそうだ。

この寝台にはところどころ金糸銀糸で星々の刺繍《ししゅう》が施された薄布の天蓋がかかっていて、

夜にはランプに照らされたそれが星々のようにきらめいた。

その他の家具はというと、湾曲した壁に沿って特注されたドレッサーと腰掛け。ベランダに続く掃きだし窓の傍に置かれた、食事用の円卓と、たったひとつの椅子。

……それだけだ。

(多分、塔の上なんだろうな。何もかも豪華だけど、基本、食べて寝るだけの部屋。私が本当に十年眠っていたなら、療養が必要なのは確かだけど……)

エレノアは少しだけ寂しく身体を起こし、寝台に座って足をぶらつかせた。

もちろん、よくしてもらっているのはわかる。

侍女に三食出してもらっているし、いくらでも寝ていていいし、身体を拭くお湯ももらえる。聖女時代からすると、信じられないような好待遇だ。

だが、あまりにもやることがない。

家事の類いは侍女たちがするし、あとは医師が診察に来るくらい。

(アレクも、一度も会いに来ない)

アレクが立ち去ってからしばらくは、いつまたやってくるかとびくびくしていた。

が、さっぱり来ないとなると、それはそれで心がしょげてきてしまう。

なんで彼は来ないのだろう。

(結婚したなんて言っていたけれど、やはり冗談だったのかな。それはそれで、いいんだ

けど。もちろん、いいんだけど）

それならそれで、世間話をしたり、説明をしてくれたりしてもいいと思う。

この見知らぬ部屋、見知らぬ境遇の中で、アレクの中に見え隠れする昔の面影だけが安心をくれるものなのだ。

「……キス、してもいいですよって、言えばよかったのかな……」

ぽそり、と、我知らず独りごちる。

直後、唇に触れた柔らかな感触と三千回のキスの件を思い出してしまい、エレノアはかあっと真っ赤になった。

「だ、ダメダメ、やっぱり、無理……っ！」

（暇だからこんなことを考えるんだ、動こう！）

エレノアは寝台の上で身もだえたのち、勢いよく起き上がった。

薄くひらひらした寝間着の裾を引っつかみ、ドレッサーに歩み寄る。

引き出しを開けると、美しい化粧品が収められた箱の奥に、数枚のぼろきれがきちんと畳んで保管してあった。さらに、小さな粉石鹸《せっけん》の壺《つぼ》もある。

（侍女さんたちに無理を言って譲ってもらった、お掃除道具一式！　今日はこれで、窓を拭く！）

粗末な掃除道具を宝石のように胸に抱き、エレノアはいそいそと窓に向かう。

侍女たちにはもっと細かで高価なもの、金属製のくしや髪飾りを拭きたいのだと説明したが、もうそんなものはすべてぴかぴかにしてしまった。

次はもっと大物と戦おう。

「やっぱり。そろそろ花粉の季節だから、窓にも大分くっついてる……嬉しいな」

エレノアは窓の汚れを確かめ、微笑《ほほえ》んで腕まくりをした。

エレノアの部屋には小さな窓と、ベランダに出られる大きな窓がある。

まずは小さな窓から身を乗り出して念入りに拭き、次に大物に取り掛かった。

円卓用の瀟洒《しょうしゃ》な椅子を半円形のベランダに引っ張り出して、窓の上のほうを拭いていく。

（やっぱり掃除って楽しい。汚れが取れると、気分も晴れるし！）

どんどん取れていく汚れに、エレノアは上機嫌だった。

そこへ爽やかな風が吹き、どこかで鳥の声がする。

どこからだろう、とエレノアが振り向くと、ベランダの向こうの景色が見えた。

真っ青な、雲ひとつない空。その下には、緑豊かな四角い中庭。

そして、それをぐるりと取り囲む、高い城壁。

見えるのは、それだけだった。

（これだけ立派な城壁だもの、ここは多分帝都で、皇宮内の塔の上なんだとは思う。でも、それしかわからないな）

――まるで、牢獄《ろうごく》みたい。

そんなことを一瞬考えてしまい、エレノアはぶんぶんと首を横に振った。

「考えない、考えない！　牢獄はこんなに豪華じゃないし！　あれが本物のアレクなら、私を閉じこめるなんて、きっとしないし！」

今は窓拭きだけに集中しよう。

そう思って窓にかじりついたとき、中庭から侍女の悲鳴があがった。

「エレノア様！　一体、何をなさっているんですか？」

「えっ。あ、ちょっと窓を拭いていて……」

「ま、窓を？　エレノア様が？」

お茶用のバスケットを抱えた侍女が、真っ青になってエレノアを見上げている。

(まずい、やりすぎたかな)

エレノアは慌てて椅子から降り、笑って侍女に手を振った。

「大丈夫、ちょうど拭き終わったところなの。窓ガラスを割ったりはしていないし、椅子に乗ったのも裸足《はだし》だから、何も汚していない……」

「ガラスが割れたり、エレノア様が椅子から落ちたりしていたら、私たちは処刑です‼」

「えっ？　処刑……？」

エレノアが青くなっていると、他の侍女たちが部屋の扉を開けてなだれ込んできた。

彼女たちはエレノアを容赦なく取り囲むと、全身を容赦なく眺め回す。

「髪に埃が」

「肩にもです……！」

「埃は洗えば落ちますが、指には、よりによって洗剤がついています」

「荒れるかもしれないわね。すぐに洗って保湿が必要だわ」

「日に当たった肌は？　焼けてはいない？」

「今ならおそらく、クリームの処置で間に合います」

矢継ぎ早に会話が飛び交い、エレノアは思わず小さくなる。

「あの、ごめんなさい。洗剤をくれた子を、罰しないでくださいね。全部私が勝手にやったことなんです。窓掃除が、そんなに悪いことだとは思わなくて」

すっかり萎縮したエレノアを見ると、侍女たちは顔を見合わせた。

そうして少し表情をゆるめ、皆がエレノアに向き直る。

代表して、少し年配の侍女頭が口を開いた。

「申し訳ございません、エレノア様。私たちは、怒っているわけではございません。陛下を心配しているだけなのでございます」

「心配、ですか」

（少し、過剰な気もするけれど）

エレノアが小さく首をひねっていると、侍女頭は迫力のある顔で、ずい、と近づいてくる。

「はい。ということで、エレノア様」

「は、はい……?」

「まずはそのお体、丸洗いさせていただきます!」

侍女頭がきっぱりと言い切ると、侍女たちは統率のとれたすばらしい動きで、エレノアを塔の部屋から連れ出してしまった。

† † †

「ええと……身体を洗うんですよね?」

エレノアが聞き返したのは、連れてこられた場所が豪華すぎたからだ。

目覚めて初めて塔から出たエレノアは、塔の裏手の建物に連れこまれた。

そこはどこからどこまでも薔薇色の石で作られた部屋で、甘い匂いが漂っている。

壁際にはまたも立派なドレッサーが置かれ、床には濃淡のある薔薇色の巨大クッションがいくつも転がっていて、長椅子代わりにも寝台代わりにもなりそうだ。

(でも、お湯を入れる盥《たらい》はないような……?)

目覚めてから今までは、言えばいつでも温かいお湯を盥に入れてもらえた。聖女時代はお湯すら使えずに水で身体を拭いていたから、ずいぶんと豪勢だと思っていたのだ。

エレノアがきょろついていると、侍女頭が深く頭を下げた。

「今まではご体調を慮《おもんぱか》って湯船を使いませんでしたが、先ほど医師の許可が出たところでございます。ちょうど浴室の準備も整いましたので、是非おくつろぎくださいませ」

「ありがとうございます。それは大変ありがたいのですが、ええと、どこにお風呂が？」

「奥にございますよ。こちらは、お召し物を脱ぐための部屋でございます」

「脱ぐための、部屋」

呆気《あっけ》にとられるエレノアを、またも侍女たちが取り囲む。

「ま、待ってください、ひとりで脱げます！」

慌ててエレノアが寝間着に手をかけると、前のめりになっていた侍女たちは姿勢を正した。

「そうですか。では、脱いでいただいて。私たちはお体を洗うお手伝いをいたします」

「か、身体を洗うお手伝い？　みんなで？」

「はい。それが、何か？」

侍女頭は当然のように言うが、エレノアは大混乱だ。

「待ってください、それはさすがにおかしいでしょう？　は、恥ずかしいですし」

「全くおかしくも恥ずかしくもございません。エレノア様は皇后陛下でございます。それなのに窓拭きで大層汚れられて……完璧に洗い上げなくては、我々侍女の沽券《こけん》に関わりますっ」

（侍女頭さん、目が燃えてる）

エレノアはひやひやしながら侍女頭を眺めた。

これは、完全に断るのは難しそうだ。

ならば、とエレノアは主張した。

「せめて人数を減らしていただけませんか？　皇后だって体はひとつです。私が洗えるところは私が完璧に洗い、もうお一方に手の届かないところを洗ってもらうというのは？　窓を見ていただけたら分かると思うんですが、私、何かを洗うのは得意です」

エレノアの主張に、侍女たちは顔を見合わせる。

しばしの沈黙ののち、侍女頭が咳払《せきばら》いをした。

「——まあ、そこまでおっしゃるなら、人数は減らしましょう」

そのまま赤毛の侍女のほうを見やり、侍女頭が言いつける。

「では、メイ・グレイザー。あなたがお手伝いを」

「承知しました！　手の届かないところだけ、私がお手伝いします」

にこにこと手を挙げた赤毛の侍女を見つめ、エレノアは少し不思議な気分になった。

（メイ・グレイザー。メイ……）

エレノアの記憶の中には、その名前がはっきり刻まれている。

とはいえ、記憶の中のメイと目の前のメイは大分様子が違う。

（別人？　だよね？）

首をひねっている間にメイ以外の侍女は退出し、メイはにこにことエレノアをドレッサーの前に座らせた。

「さ、髪をほどきましょうね。エレノア様は相変わらずなんでも自分でしようとなさるけど、エレノア様の身の回りのお世話はメイの仕事ですから。遠慮なく任せてください」

「……？　あれ？　ひょっとして、どこかで会ったことが……？」

躊躇いがちに聞いてみると、メイは軽く自分の胸を叩いて見せた。

「ありますとも！　会ったことどころか、エレノア様には大恩がございます。私、元聖女の、赤毛のメイです」

「えっ……！　メイ……あの、ガリガリでちっちゃかった？」

エレノアは目をまん丸にして叫んだ。

あのメイならよく覚えている。両親を亡くしてぼろぼろで神殿にやってきた六歳の少女を、二年ほど面倒を見たのだ。

メイが六歳のころ、エレノアは十八歳。

若い親子のような関係だった二人だが、今のメイはどう見てもエレノアと同年代だ。小柄ながらも肉付きがしっかりし、泣きぼくろが可愛い女性に育っている。

(このメイがあのメイなら……やっぱり、十年、経ったんだ)

そのことが急に胸に迫ってきて、エレノアはゆっくりと瞬いた。

アレクに言われたときは、信じ切れなかった。子犬のような青年が、色気の滴る男に変わったのが衝撃で、薄々わかってはいたのに、信じるのが恐ろしかった。

でも、目の前の女性には確かに昔と同じ泣きぼくろがあって、同じ訛《なま》りで、同じ首のかしげ方で話しかけてくる。

「そうですそうです、あのメイです。エレノア様がいつもおひとりで寂しいだろうからって、神殿から急きょ呼び寄せられたんです」

「そうだったんだ……！　よかった、すごく力強い！」

「私も、かつての恩人のお力になれて、とーってもも嬉しいですよ。……ってことで、そろそろ覚悟を決めて脱ぎましょうか？」

メイに満面の笑顔で言われ、エレノアはついに諦めた。

「はい……」

「あはは、そんなにしゅんとされないでくださいよ。恥ずかしくないように、すぐに済ませましょうね」

メイは立ち上がったエレノアをくるりと回し、〝ボタン外し〟で細かなボタンを手際よく外していく。あらわになった身体を隠すように柔らかな布を肩からかけてくれたうえで、メイはとっとと脱衣室の奥に向かって歩いて行った。

「こちらが浴室です。エレノア様、きっと驚きますよ」

エレノアが追いついてくるのを待って、メイがすのこ状の扉を開く。

「……！」

熱気に包まれて目を細めたエレノアだったが、すぐに息を呑んで目を見開いた。

「わ、あ……！」

思わず歓声が漏れてしまう。

扉の向こうは、森だった。

それも、今まで一度も見たことのない、とてつもなく豊かな森だった。

壁の高い位置にもうけられた窓からはさんさんと陽が降り注ぎ、周囲には鮮やかな緑の南国の木々が生い茂る。あちこちから極彩色の花房が垂れ、花からは蜜のように甘い香りが漂い、どこかで小鳥がちちち、と泣き声を上げているのが聞こえた。

そして、そんな森の真ん中に、帝都の噴水並みに大きな石の湯船が埋めこまれている。

「メイ……これって、どうなってるの……？」

もはや恥ずかしがるのも忘れて、聞くエレノアに、メイはにこにこと答えた。

「全部大きな鉢植えですよ。温室って言うんですかね？　普段はガラス張りの部屋で育てていまして、立派な方がお湯を使うときはここに運びこむんです」

「とんでもない労力だね？　もったいない……！　次から盥に戻せないかな……！」

「エレノア様がそんなことをしたら、あたしはクビだし、アレクシス様は悲しがって首を吊《つ》りますよ。さ、さ、中へどうぞ」

メイに押しまくられて、エレノアはおそるおそる湯船に足を差しこんだ。ぬるくも熱くもない、絶妙な湯に包まれた途端に、じわっと体の芯に宿った冷えが溶けていく。

エレノアはぶるりと小さく震え、体が休みたがっているのを感じた。

（うう……盥《たらい》は、また今度提案してみるとして……今日は湯船を使わせてもらおう）

後ろめたい気持ちはあったが、疲れにはあらがえない。柔らかな湯に体を沈めると、自然と長いため息が出た。

「ふわ……気持ちいい……」

「ゆっくりなさってください。さあ、ここに首をどうぞ」

メイは風呂のふちにてきぱきと籐製《とうせい》の枕を置き、エレノアの首を支えた。

浴槽の外にこぼれ出た髪をメイが丁寧にそろえ、花の香りの石鹼の泡を載せていく。

「髪はこちらで洗いますからね。寝てくださっても大丈夫ですよ」

「ありがたいけど、私、髪は自分で……」

「自分で洗えますよね。そう、エレノア様は何でもできる。聖女時代は人のぶんの仕事まで請けてくださって、あたしはずいぶん楽させてもらいました。これはあの頃のお礼です」

「そんなことしたかな、私……？」

エレノアは戸惑って言い返しつつも、起き上がることは諦めた。

代わりに、記憶をひもとくことにする。

十年前。戦時以外は、癒やしの聖女を求める者も減る。有力貴族の寄付をあまり集められなくなった神殿は慢性的な金欠で、メイのような子どもにすら様々な雑用を課していた。

当時のメイは年齢よりもさらに小さく、細く、生家でひどい目に遭っていたのは一目瞭然。誰かが手をかけるのは当然だった。

少なくとも、エレノアはそう思っている。

メイは丁寧にエレノアの髪をまんべんなく泡だらけにしながら、楽しげに語った。

「んふふ。嫌な奴《やつ》はね、小さくて弱い者からは奪うんですよ。だけどあなたは逆だった。ごはんも分けてくれたし、仕事は代わってくれたし、夜に悪夢で目覚めたら、背中をとんとんってしてくれましたよね？　おかげで、あたし、こんなに大きくなりました」

「うーん……。そっか。少しでも助けになってたなら嬉しいけど。結局はメイが頑張ったからどうにかなったんだと思うよ？」

「そうですかねえ？」

　メイは含み笑いで答えを誤魔化《ごまか》す。

　なんだか大人なごまかし方だな、と思って、エレノアは木々の生い茂る天井を見上げる。

（不思議。今は、メイのほうが年上みたいだな）

　居心地が悪いような、頼りがいがあってほっとするような、複雑な気分だ。

　メイはぬるいお湯で髪の泡を流してくれて、穏やかに問いを投げる。

「さあさ、泡を流したら、水気を拭いて香油を塗りますね。ご気分はいかがですか？　どこか痛かったり、気持ち悪かったりはしませんか？」

「大丈夫。私、身体は強いから。昔から、風邪一つ引かなかったでしょ？」

　エレノアは笑って言うが、メイは不思議そうな顔をした。

「え？　でも十年も病気で寝ていらしたんですよね？」

「ん？　病気って、なんの話？」

「エレノア様の話です。エレノア様は不治の病で十年も仮死状態で眠っていて、新皇帝のアレクシス様はそのご病気を治そうと奔走なさっていたじゃないですか。傍にいるために周囲の反対を押し切って結婚もし、手ずから毎日薬も呑ませていたと……」

「え……ええっ……？」

　あまりに寝耳に水の話に、エレノアは思わず身体を起こしてしまった。

メイもびっくりしたようで、目をまん丸にして顔を見合わせる。

「まさか、知らなかったんです？」

「し、知らなかった……！」

エレノアが必死に首を横に振ると、メイの顔は徐々に心配そうになってくる。

「アレクシス様は、何も？」

「な、なにも！　何も言わずに、き、キスだけしてきて」

「キスって、それ……薬を、口移ししていたんじゃないんです？」

メイに叫ばれ、エレノアの頭の中で、ばちん、とパズルのピースがはまった。

起きた瞬間のアレクの言動は、明らかにおかしかった。

十年前の彼は窓から入ってくるような唐突さはあったけれど、エレノアが拒否するようなことは絶対にしなかった。寝ているエレノアに勝手にキスするような男ではなかった。

そして今も、彼は彼のままなのだ。

あのキスは薬を呑ませるための行為で、おそらくは十年間毎日それを繰り返していたから、三千回以上もキスをした、なんて言ったのだ。

病で眠っていたエレノアが目覚めたから、口移しの必要はなくなった。

さらにエレノア本人がキスを拒否したから、アレクはおとなしく塔の部屋を訪れるのをやめて、エレノアを医師に託したのだ。

「そう……きっと、きっとそう！　私、アレクに酷《ひど》いことを……！」

エレノアは慌てて浴槽から出ると、ざっくりと髪を絞りながら脱衣室へ向かう。

「お待ちください、エレノア様！」

慌てたメイが追って来て、肩に布をかけてくれる。

それをありがたくかき寄せながら、エレノアは早口で告げた。

「ごめんね、メイ。私、すぐにアレクに謝らなきゃ！」

「落ち着いてください、エレノア様。今回のことは、アレクシス様も悪いです。ちゃんと言えばよかっただけの話ですよ！」

メイの一生懸命な言葉に、エレノアは扉の前で足を止める。

濡《ぬ》れた髪から、ぽたぽたと温かな水滴が落ちた。

（まるで、涙みたい）

そんなことを思いながら、エレノアはまだ、アレクのことを考えている。

深い憂いを含むようになった、彼の瞳。

あの瞳を、もう一度、間近で見たかった。

エレノアはメイの目を見つめ、真剣に言う。

「そうかもしれない、でも、私もアレクを傷つけてしまったから……謝りたいの。できるかぎり、早く。メイ、どうしたら今のアレクに会えるのか、わかる？」

メイはエレノアの視線をしっかりと受け止め、覚悟を決めた顔でこくりと頷く。

「……わかりました。エレノア様のためですもの。あたしも、精一杯ご協力いたします！」

†　†　†

エレノアが入浴を終えた日の夜中。

皆が寝静まったころ、若き皇帝アレクは尚書官《しょうしょ》の執務室にいた。

尚書とは元は皇帝の手紙を管理する役職名であり、今の帝国では文官で最も地位の高い者、帝国第二位の権力者、皇帝の腹心と言っていい身分だ。

「ステファン！　ステファン・マクガドルはいるか！」

アレクはよく通る声で叫び、侍従たちが開けるよりも前に尚書官執務室の扉を開く。

広さはあるが調度品は地味なものでそろえられた部屋で、銀髪に眼鏡の男が顔を上げる。

いかにも厳格そうな冷たい面持ちではあるが、役職にしてはかなり年若い。

アレクと同年代であろうステファンは、落ち着いた声で返した。

「あなたの目の前におります、皇帝陛下」

「そうか、お前は天才だな」

「ここにいるだけで?」

「そうだとも。俺が一番いてほしいときにいてくれる、しかも喋ってくれる、最高だ」

アレクはせわしなく言葉を重ね、ステファンの執務机に歩み寄る。

興奮を隠しもしないその様子は、エレノアの前に出たときとは別人のようだ。

ステファンは立ち上がってアレクが近づいてくるのを待ち、淡々と告げる。

「私はほぼ毎日朝から晩までここで仕事に追われていますし、皇帝陛下に返答しなければ不敬罪で首が飛ぶから喋るだけです。いっそ首を飛ばしてもらったほうが人生は楽になるのではないか? という仮説も立てていますが、これは現時点では証明が難しい」

「なるほど、だったら楽にはならないでくれ。いいか、今日はいい日だ。ここから永遠に、今日という日を国民の休日にしたい」

若き皇帝が執務机に手をついて熱弁するのを見て、ステファンはわずかに目を細めた。

「皇后陛下の『ご病気』が、ご快癒されましたか?」

「なんでわかるんだ、お前はやっぱり天才だな」

「あなたが常軌を逸するのは、皇后陛下のことと決まっていますからね。けれど……そうですか。続けていた薬が効いたのか、エレノア様の例の体質か、はたまた別の理由があるのか」

ステファンはつぶやき、眼鏡を直す。

アレクは彼のほうへ身を乗り出して続ける。

「目覚めてから二週間、医師によると、もう安心していいそうだ。身体も元のように動いている。俺が話したとき同様、十年間の記憶はないようだ。眠らされたときの記憶も」

「記憶がないのはめでたい。そのほうが皇后陛下の身の安全に繋《つな》がります。ですが」

「ですが、なんだ？」

「身を乗り出しすぎです、陛下。その勢いで皇后陛下にも迫ってないでしょうね？」

ステファンに淡々と言われ、アレクは軽く顎を引いた。

エレノアからは洗練され切ったように見えたアレクだが、昔の仲間と語れば十年前の様子が顔を出す。大きく美しくなってもまだまだ子犬時代が忘れられない大型犬のような様子で、アレクはむすっと答えた。

「迫るどころか、キスすらするなとお預けを食っているところだが？」

「……キスの話になるということは、やはり迫ったのでは？」

ステファンが難しい顔になると、アレクは開き直ったかのように主張する。

「薬を呑ませているところで彼女が目覚めてしまったんだ、不可抗力だろう！　それからは遠慮して、二週間も顔も見ていない！」

「極端なんですよ、あなたは……顔を見るくらいいいんじゃないですか？」

「顔を見たら、うっかりキスするかもしれない」

アレクの返事に、ステファンはびきりとこめかみに青筋を立てる。

「それくらい我慢しなさい！　そもそもちゃんと相手に好意があるかどうかもわからないのに、先走り過ぎですよ」

「好意は、なくはない、はずだ。十年前のエレノアは俺に優しかった」

「十年前のあなたはただの騎士だったし、皇位簒奪もしていません」

きっぱりと言われてしまうと、アレクも返す言葉がなくなってしまう。

長いまつげを伏せ、自分の胸に着いた勲章と、腰に下げたままの剣を見下ろす。

十年。エレノアは清らかに眠っているだけだった十年。

アレクの十年は、血にまみれている。

「……そうだったな」

「あなたはもう少し落ち着くべきです。多くの女性はぐいぐい来すぎる男性を苦手とします。あなたが皇后陛下と仲良くなさりたいなら、つれない様子を見せておくほうが合理的だ」

真顔のままステファンが言うと、アレクもため息を吐いて客用の椅子に身を投げ出した。

「毎日真顔で仕事しかしないのに、社交界で一番の花を射止めたお前の言葉だ。聞こう」

「光栄です。……それで？　今日は皇后陛下のご快癒を知らせるためにおいでになったのですか？　それとも他に何かお話が？」

ステファンは言い、自分も元のように座って執務机の上で指を組む。

アレクは長い足を優美に組んで、椅子の肘掛けに頬杖《ほおづえ》を突いた。その所作だけで年頃の娘たちはバタバタと倒れそうな、完璧な姿だ。

だが彼の胸にはたったひとりの女性の存在しかない。

この十年間、彼女の目覚めをどんな思いで待ち続けたことだろう。

今日はまだ息をしているか。夜中の間に干からびてはいないか。誰か不埒《ふらち》な輩《やから》が忍びこんで、眠る彼女をあやめてはいないか。

いつでも彼女のことが気になり続け、悪夢に目覚める夜も年中だった。

そんな彼女が、二週間前にやっと目覚めた。

起き上がった彼女を見たときは、興奮で頭がおかしくなるかと思った。窓からの光を受けて、真っ白な寝間着をまとった彼女はまさに輝いていた。

本人は気付いていただろうか。

聖女時代でさえ、ちらちらと男たちの熱視線を受けていた愛らしい容貌は、メイたち侍女の手で十年間そっと手入れを続けられ、今は楽園の果実のようにも見える。

身を起こした彼女のみずみずしい白い肌の下に血が通い、薄紅に色づいていく様子を見たとき、アレクは叫び出したいような、逆にひざまずいて祈りを捧げたいような、なんとも言えない気分になった。

できることなら、毎日彼女のもとに通い詰め、話をしたかった。

唇を重ね、彼女の柔らかな髪に触れたかった。

(だが、そこで止まれる自信がない。すべてを黙っている自信も)

彼女を失いたくない。絶対に。

それだけは、はっきり胸にある。

アレクはのろのろと口を開いた。

「十年前とこの十年間で何があったか、今何が起こっているか。彼女に話せることが少なすぎる。せっかく目覚めたというのに、宮殿を自由に歩かせることすらできない。一体、どう説明していいものか見当がつかなくて、もう二週間、塔を訪れることもできていない。……お前に、何かいい案がないかと思ったのだ」

憂いのこもった吐息と共にアレクが言うと、ステファンは仕事に戻りながら問いを投げる。

「まずは塔にこもっていなくてはいけない理由について、何か説明されましたか?」

「まだだ。彼女に余計な心配をかけたくない」

形よい眉間に皺《しわ》を寄せるアレクを、ステファンは呆れた顔で見つめた。

「それでは、何も言わずに寝台に囲っている状態ではないですか」

「真顔でしれっと色っぽいことを言うな。寝台から下りるのは彼女の自由だろうが」

「なるほど。では、はっきりそう言いましたか？　寝台から下りていい、と」

「言えるわけがない、寝台の上とか、下とか、そんな直接的な……。いいか、彼女は崇高な存在なんだ。俺の中では、月とか、太陽とか、そういうものと肩を並べてる」

アレクは熱弁を振るうが、ステファンはすべてを受け流してつっこんで来る。

「では、外出着は与えましたか？　塔の外には出られないと言っても、中庭には出られるわけですし。まさか寝間着しか与えていないなんてことはないでしょうね？」

「……………部屋着はある」

そこまで言って、アレクは頭を抱えてしまった。

（ステファンの言う通りだ。俺は何をやっているんだ）

エレノアに詳しいことは何も告げず、執着だけを告白し、閉じこめ、部屋着だけを与える。

完全に横暴極まりない君主が姫を塔に捕らえる構図である。

「寝間着だけとほぼ同じ意味ですね、それは」

さすがのステファンも仕事の手を止め、思案している様子だ。

アレクは頭を抱えたまま、うめくように言った。

「……最悪、俺が嫌われても、彼女が無事であれば、それでいい……」

一にエレノア、二にエレノア、とにかくエレノアが無事であるのが一番大事だ。

エレノアに暴君だと思われて嫌われるのは、想像するだけで死にそうな気分になるが、実際に死ぬわけではない。

アレクはそう考えて、どうにかこうにか自分の心を立て直す。

そんなアレクに、ステファンは冷静な声をかけた。

「思い詰めるのはまだ早いです。これから、なるべく皇后陛下とお話をなさってください」

「話せないことが山ほどあるのに？」

「話せることも山ほどあるでしょう。大切なのは皇后陛下の信頼を勝ち取ることです。エレノア様にいざ何かあったとき、あなたが信頼されていなければ守ることもできませんよ」

「そうか……そうだな。そのとおりだ」

アレクはぽつりと言い、体から力を抜いた。

（俺は浮ついている。ぼろを出したくなさすぎて、逆におかしなことになりかけている）

十年前も今も、自分は自分だ。

それ以外のものにはなりようがない。

そして、今も昔も、ひたすらにエレノアを愛している。

そのことを、エレノアにきちんと見せなくてはならない。

万が一、万が一にも愛を拒否されたとしても、とにかく守りたいのだとは伝えなくては。

「助かった、ステファン。できる限り時間を作って、彼女と話す」

意を決したアレクは、椅子から立ち上がりながら言う。

ステファンも挨拶のために立ち上がった、そのとき、執務室のドアがノックされた。

「あのっ……。失礼いたします！」

「誰ですか？　もう、侍従は寝に行かせたはずです」

ステファンが眼鏡を静かに光らせて問いを投げる。

アレクも険しい顔で扉を見つめた。

(殺気はないな。むしろ、おびえたような気配か)

戦場で鍛えられた感覚を研いで待っていると、扉の向こうから素朴な女の声が響いてくる。

「あたし、決して怪しい者ではありません！　今日から皇后陛下付きになった、メイ・グレイザーです！」

「皇后陛下付きの侍女？　侍女頭以外は、塔の離宮しか歩けないはずだが」

ステファンは厳しい声を出すが、アレクが素早く彼を制する。

「いや、メイは俺が特別に神殿から引っ張ってきた、エレノアの話し相手だ。緊急事態のときには、直接俺に話を通してもいいと言ってある」

「また、そんな特例を作って。不用心すぎます」

むすっとしたステファンを置いて、アレクは自ら扉に歩み寄った。

いくら直接話を通していいと言ったとはいえ、こんな真夜中に、ステファンと二人きりのところを狙って会いに来るとは。

（一体何があったんだ？）

考えれば考えるほど、気が急いてしまう。

アレクは重い扉を押し開け、薄暗い廊下に立つ赤毛の侍女をのぞきこんだ。

「どうした、メイ・グレイザー。エレノアに何かあったのか？」

今にも食いつきそうな勢いで問うアレクに、メイはガチガチになりながら答える。

「いえ、あの、皇后陛下は大変お元気です。無事にお風呂も入られまして……」

「風呂か。俺が端から端までしつらえを決めた、あの風呂だな。エレノアは気に入ったか？」

アレクは相変わらず真顔でまくしたてる。

美しすぎる真顔はかなりの迫力で、メイは引きつりながら必死にうなずいた。

「は、はい。最初は緊張しておられましたが、すぐにくつろがれて」

「最高だ、素晴らしい！　ありがとう！　あの風呂をしつらえた者と君に、特別に報奨金を出す。いくらでも好きな金額を言ってくれ！」

「あ、ありがとうございます……！　あの、でも、その前に。あたし、皇后陛下からのご伝言を伝えに来たんです。エレノア様がお目覚めになったことは、城内でも限られた者しか知りません。念には念を入れていたら、この時間になってしまいました」

それを聞いたアレクは、頭の中で祝福の鐘が鳴ったのを聞いた気がする。

（エレノアが、わざわざ、自分から、俺に伝言をくれた）

嬉しくてじっとしていられない気分で、アレクは勢いこんだ。

「伝言か、そうか！　千文字くらいか？　一万文字くらいあるのか？」

「そんなにはありません！　……今度、お茶を飲みませんか、と。それだけです……」

「…………」

アレクは思わず言葉を失った。

お茶。

普段のアレクなら、なんの興味も示さない単語だ。

腹が膨れるわけでも、酔えるわけでもない。非生産的な飲み物。

だが、これがエレノアとセットになるとどうだろう？

途端に脳内で光り輝くではないか。

（そうだ、お茶会だ。お茶会なら、聖女相手でも皇后相手でも問題の無い行事だ。礼儀正しくテーブルを挟んで楽しく話ができる。俺が暴走する前に、十年間の溝を少しは浅くで

きる、かもしれない）

「その手が、あったか……！」

「そ、その手……？」

アレクの反応が謎すぎて、メイはすっかりうろたえている。

呆れ果てたステファンが、執務机から投げやりに声をかけた。

「大丈夫ですよ、メイ。陛下はものすごく乗り気です」

「本当ですか……？　あの、皇帝陛下はものすごく多忙だとは存じ上げております。ただ、なるべく早くにお茶会が実現できますと……皇后陛下も喜んでくださると思います」

控えめに告げるメイに、アレクは食い気味に答える。

「やろう、速やかにやろう。明日の午後、どうにかして時間を空ける。なんとしてでも、空けてみせる！」

「明日の午後？　そんなに早く……あ、ありがとうございます……！」

メイは呆気にとられつつも最敬礼でアレクに答え、背後のステファンはため息交じりにアレクの日程表を取り出してめくり始めた。

† † †

宮廷におけるお茶会は、立派な社交行事である。

本来ならば、テーマを決め、茶器をそろえ、衣装や装飾を選ぶところから始まるものだ。

が、今回の皇帝と皇后のお茶会は話が違った。

何せ、準備期間がない。

物資に制限がある。

場所の自由がない。

さらに言えば、エレノアと侍女のメイは、お茶会自体が初めてである。

「時間がない……っ！　ねえ、メイ。これ、本当に大丈夫だと思う？」

全身鏡と向き合い、メイに問いを投げた。

メイはメイで必死にエレノアについて回り、編みこみをしながらこくこくと頷く。

「はい！　完璧に美しいです！　寝間着とは思えません！」

「確かに、寝間着っぽくはない。それはそう」

（だけど、ちょっと露出が多くない……？）

エレノアは食い入るように鏡を見つめた。

銀色の光沢をまとう、とろんとした白の布地は見るからに上級の素材だ。繊細で上等な幅広レースや、胸元や二の腕を飾る薄い薔薇色のリボンも、文句なく上品で愛らしい。

が、デザインが危ういのだ。胸元はエレノアのふんわりとした胸を危ういところまで見せる大胆さで、丸い肩も両方あらわになっている。

「十年前は、貴婦人もさすがにもうちょっと布の多い服を着てた気がするけど……寝間着だからなのかなあ」

エレノアはついついぼやいてしまう。

メイがこっそり宮殿まで忍んでいってくれたおかげで、速やかにアレクとお茶会をする予定を立てられた。それは本当に喜ばしい。

が、予定が急すぎて服がない。

エレノアのために用意されているのは寝間着か、ゆるい部屋着だけ。で、お茶会にふさわしいようなドレスが無いのだ。仕方ないから寝間着の中で比較的ドレスっぽいものを選んだものの、エレノアはどうにも自信がない。

メイはそんなエレノアをドレッサーの前まで追い立てると、編み込みを仕上げながら言う。

「今回は急なことですし、皇帝陛下の他に貴族の方が出席するわけでもございません。エレノア様は細かいことは気にせず、陛下とのお話に集中してくださいな。お話したいこと、たくさんおありなんでしょう?」

「それは、そうだね。大事なのは、お話……」

暗いブルネットの髪に薔薇色のリボンが編みこまれていくのを眺めつつ、エレノアはアレクのことに思いをはせる。

(まずは謝らなくちゃ、キスのこと。それと——聞きたいことが、たくさんある)

自分は一体どんな病気だったのか。

結婚した経緯。反対はされなかったのか。

そして……自分が意識を失ってから、何があったのか。

育ちのいいお坊ちゃんだったアレクが、どうしてあんな暗い目をした男になってしまったのか。

アレクのことを思い出すと、自然とキスの感触が蘇《よみがえ》った。

目覚めてすぐだったせいか、アレクの唇の記憶は、甘くてふわふわした靄《もや》のように思い出される。柔らかくて、温かくて、かすかに震えていた、甘い唇。

何度も何度も、キスを重ねて。

同じ数だけ、眠るエレノアを見下ろして。

そうやって彼は、一体何を思っていたのだろう?

(アレク。私のこと、どう思っているの)

心の声で問うても、答えはない。

だから、声に出して問うしかないのだ。

そこまで思ったとき、こんこん、とエレノアの寝室のドアがノックされた。

「……！　えっ、もう？」

「予定より大分お早い……！　急に予定がずれたのかもしれません！」

「ど、ど、どうしよう、メイ、他にやることってあったっけ？」

「あったとしても間に合いません！　……そうだ、これを！」

ふたりしてあわあわした末に、メイはクローゼットから薄いヴェールを引っ張り出した。

「少しは露出が気にならなくなるのではないかと！」

「ありがとう、ほんと助かる！」

エレノアは噛《か》みしめるように感謝して、メイが渡してくれたヴェールを頭からかぶった。

途端に目の前に小花が散って、エレノアは軽く目を瞠る。

「わあ……きれい……」

エレノアがかぶったヴェールは、光に透けるとほとんど透明に見えるほど、繊細な糸で織られていた。無数の小花の造花が縫い止められているので、頭からかぶるとまるで花が降り注ぐ中にいるようだ。

「――失礼するよ、我が皇后」

結果、エレノアがヴェールに見とれていた、ほんのわずかな間に、塔の部屋の扉が開く。

エレノアは突っ立ったまま若き皇帝と向き合うことになってしまった。

普通、皇帝陛下に出会ったら、皇后だろうがなんだろうが最敬礼するものだ。それを無視したせいだろう、アレクは扉を開けたまま、目を瞠って立ち尽くしている。

「っ、あっ、ごめん、じゃなくて、申し訳ございません！」

エレノアは慌てて頭を下げる。

が、アレクの返事はない。

しん、と静まり返った室内で、エレノアはたらりと冷や汗を掻《か》いた。

（どうしよう……私がお辞儀を忘れたから、怒ってる？）

昔のアレクだったらそんなことは気にしないが、今のアレクがどうだかはわからない。

十年前の皇帝はかなり威厳のある人で、不敬な人間は徹底的に処罰したという噂だった。

アレクがもし、そんな皇帝になってしまっていたら。

淡い恐怖が這《は》い上がり、エレノアは顔を上げられない。

そこへ、アレクの軍靴の音が近づいてくる。

硬質な音が、近づいて、近づいて、エレノアの視界に、磨き上げられた靴の先が現れる。

ほんの数歩の位置でようやく立ち止まり、アレクは深刻な声を出した。

「顔を上げてくれ。そうでないと、あなたの顔が見えない」

「は、はい……？」

顔を上げないと顔が見えないのは当たり前だ。

一体なんのつもりだろう、と顔を上げると、アレクの食い入るような視線に射貫かれた。

彼は形良い自分の顎をつまみ、これ以上ないような真剣な顔で言う。

「どうしよう。これ以上ない、と思った美しさが更新されてしまった」

「……それは……」

「黙って。今、五感をフル活用して、あなたの美を吸収しようとしているところだ。すごい、どうなってるんだ。こんな美しさが人間に出せるものか？　ひょっとしてここは麗しき古代の妖精の住《す》み処《か》だった？　僕は迷いこんでしまったのか？　だったら一生ここにいる」

（あ。この感じ、知ってる）

大真面目にまくしたてるアレクを見て、エレノアは昔を思い出した。

ただの騎士だったアレクも、神殿に来るたびにこんなことばかり言っていたものだ。

自然と昔のような気持ちになれて、エレノアはほんのり微笑んだ。

「そうやって、しょうのないことばかり言って。早く中に入ってください」

エレノアが十年前みたいに答えると、アレクの瞳が揺れる。

アレクはもう一歩前に出ると、エレノアの手を取った。

「……エレノアだ」

「はい、そうですよ」

ぎゅっと握られた手の温かさが、エレノアを昔みたいな笑顔にする。

その顔を、アレクはしげしげとのぞきこむ。

「本当に、エレノアだね」

「あなたはご存じのはずだと思いますけど」

「その素っ気なさ。でも、どこか、優しくて。いつも俺を叱りながら、受け入れてくれて。そうだね。あなたは、エレノア。間違い、ない……」

以前のなめらかな弁舌が嘘のように、アレクは途切れ途切れに言う。

そうしているうちに、秀麗すぎる顔がくしゃりと歪《ゆが》み、アレクは深くうつむいてしまった。

彼は握ったままのエレノアの手を自分の額に当てて、かすかに震える。

「エレノア……」

「アレク……大丈夫ですか？　気分でも悪い？」

エレノアはそわそわして声をかけた。

なんだかわからないが、アレクはひどく動揺している。

丸まった彼の背中を撫でてやりたい、と思った。

けれど、エレノアの手はアレクに握られたままだ。振り払うことはできなくて、エレノアはアレクの背中を見つめるしかない。

（丸まった背中……疲れた背中だ。あんなに余裕そうに見えたのに、やっぱり、今のアレ

クも大変なんだ。騎士だったアレクが、悲しい瞳を隠し持ってたみたいに)

エレノアが途方に暮れていると、アレクはやっと顔を上げた。

そのときにはすっかり表情は元通り。自信たっぷりでありながら陰のある、大人の男の顔に戻っている。

彼はエレノアを見下ろし、落ち着いた美声で言う。

「すまない。あなたの美しさに感激するあまり、礼儀を失してしまったようだ」

「いいえ、無礼なのは私も同じですから。あの、疲れているようなら、寝台で休みます?」

エレノアの提案に、アレクはわずかに眉を動かした。

「……なんだって?」

(失礼な提案だったかな)

エレノアは一瞬ひるむが、すぐに、そんなことよりアレクの健康のほうが大事だ、と思い直す。

エレノアは部屋の真ん中にある、ひとりには大きすぎる寝台を見た。

「寝不足のときは心が乱れるものです。今のあなたは、ずいぶん疲れて見えました。だったら話は後にして、ここで昼寝して帰ってもいいのかな、と」

「いや、さすがに、あなたがいる部屋で、あなたの寝台で寝るというのはいけないだろ

う」

アレクはなぜか、かたくなに拒否をする。

エレノアは小首をかしげて続けた。

「気になるようなら、私はベランダに居てもいいです」

「ダメだ、わざわざそんなところに行くくらいなら、俺が寝ているところを見ていてくれ。なんなら同じ寝台にいてくれていい」

勢いこんで言われたので、エレノアはまた、昔のことを思い出した。

(最後に騎士のアレクに会った夜、結局朝まで色々話して、うとうとするアレクに膝枕したっけ。また、あれをやってあげたらいいのかな)

「はい。それでいいならそうします」

膝枕くらいならお安いご用、とエレノアがうなずくと、アレクは苦いものを噛みつぶしたような顔になる。

「いや……やっぱり、それもダメだ。絶対に眠れる気がしない！　そもそも今日は、お茶会だったような気がするが」

「そうですね、まずはお茶にしましょうか。せっかく準備もしましたし」

エレノアはうなずき、ベランダの前に置いた円卓にアレクを案内した。

普段はエレノアがひとり寂しく食事している円卓には、今日は薄い薔薇色の掛布がかけられ、野山の植物と鳥が描かれたティーセットが乗っかっている。

このティーセットも、脇に控える金色のティーワゴンも、メイが貧しい聖女育ちの交渉力でもって、上手《うま》く借り受けてきたものだ。

宮廷のお茶会としてはかなり簡素なしつらえだったが、アレクは感嘆して目を細める。

「あなたの容貌やドレスが似合う、立派なしつらえだ。素晴らしい……」

「メイが頑張ってくれたんです。私がお願いした茶葉も用意してくれて、本当にすごいんですよ。十年前からしっかりした子でしたけど、今はものすごく有能で」

「なるほど、そのようだね。エレノア、あなたはこちらへ」

アレクはうなずきながらエレノアの話を聞き、さっと椅子を引いてエレノアを招いた。

「ありがとうございます、アレク」

昔みたいに言って、すとんと腰を下ろす。

そこで疑念が湧いて、エレノアは円卓の脇で気配を殺しているメイを見た。

「作法はこれであってます？　メイ。皇帝陛下が最初に座るんだったような気が……」

エレノアは問うが、メイは真っ青になって『とにかく座って』という合図を出している。

（ま、まあ、これでいいなら、いいか）

エレノアが諦めて前を向くと、アレクが無造作に椅子を引いて座るところだった。

多分、これは宮廷の作法ではない気がする。

で椅子を引いた。

そもそも今日のアレクは、誰ひとり侍従を連れてこなかった。自分で扉を開けて、自分
そして今は行儀悪く円卓に頬杖をついてエレノアを見つめ、にこっと笑う。

昔の面影を残しつつも甘さの増した笑みに、エレノアはどきりとした。

アレクはぱらりと落ちた前髪の下で、宝石みたいな青い瞳を細める。

「改めて、お誘いありがとう、エレノア。ここでの暮らしには、もう慣れたかい？」

改めて、なんてきれいな人なんだろう。

彫刻みたいに完璧な顔が人間らしい表情で崩れる瞬間が、なんともいえない吸引力を持っている。エレノアは彼から視線をそらせないまま、口ごもった。

「慣れたような、慣れないような……。まだこの塔に閉じこもっているだけなので」

「退屈？」

アレクもまた、エレノアから視線を逸らさずに甘やかに問う。

メイがお茶を注いでいる音が、こぽこぽと響く。

続いて控えめにお茶が置かれたけれど、アレクもエレノアも、お互いのことしか見ていない。

エレノアはソーサーに置かれた銀のスプーンを握ったり、放したりしながらつぶやく。

「仕事がないのは、少し困ります。でも……その」

「なに？」

甘い、甘い囁き。ずっとこうしていたくなるような、優しい響き。

思わずぼうっとしそうになるのを、エレノアはぎゅっと唇を噛んだ。

「……私、病気だったんですよね……？」

思い切って聞いてみると、アレクはほんのかすかに瞳を冷やしたようだった。

「誰から聞いたの」

先ほどと同じトーンで聞きながら、アレクは何か考えている様子だ。

エレノアはスプーンを強く握って、一気にまくしたてた。

「毎日お医者様がいらしているから、わかります。それに、十年経ってもこんなに歳を取らないなんて、病気でもなかったら納得できないです」

「そうか。そうだね……」

アレクの瞳に、繊細なまつげがかかる。

言葉少なに黙りこんだ彼に、エレノアはたたみかけた。

「それで、あの！　私が病気だったとしたら……謝らなきゃいけないことがあって」

「謝る？　俺に？」

（あ。少し、驚いたような声）

「はい。キスのことで、騒いでごめんなさい！」

覚悟を決めて謝ると、アレクはきょとんとしたようだった。

彼が黙っているのをいいことに、エレノアは懸命に言いつのる。

「ひょっとして、あれって、私に薬を呑ませてくれていたんじゃないですか？　私、そんなこと全然わからなくて、びっくりしてしまって……あなたの親切を無碍《むげ》にしてしまって、本当にごめんなさい」

「エレノア」

「まずは謝りたくて。それと……」

次は何を話そう。何を聞こう。

迷って言葉を切った隙間に、アレクがぽつりと言った。

「俺は、愛していない者に、キスはできない」

「え」

不意を突かれたエレノアが凍りつく。

そんな彼女に向かって、アレクは長い人差し指の先を自分の唇に触れさせた。

「十年前にあなたが倒れて、そのまま眠り続けていたのも、あなたを目覚めさせるために俺が薬を呑ませていたのも、本当のことだ。でも、三千回のキスは、あなたへ捧げる俺の愛の証《あか》しに違いはないよ」

白い革手袋をしたアレクの指先が、アレクの唇をわずかにへこませている。

その光景が妙に色っぽく見え、エレノアはうろたえてしまった。

「そうでなくて、結婚なんかすると思ったか？」

「え、あ……その」

（私、一体、何を言われて……？）

愛の証しとか。

結婚とか。

三千回の、キスとか。

慣れない愛の言葉のせいで、エレノアの頭はぐちゃっと絡まってしまった。

何がなんだかわからないまま、とにかく心臓だけがドキドキとうるさい音を立てる。

つらいくらいに鳴っている。目の前が不思議ときらきらし、世界が鮮明になった。

（これは、何？　私、おかしくなってしまったの？）

混乱しているエレノアに対して、アレクはある意味容赦がなかった。

唇に触れていた指を自分の心臓の位置に滑らせて、そこの熱を伝えるように語り続ける。

「あなたを愛している。十年前のあなたは俺を少しも相手にしてくれなかったけれど、初めて会ったその日から、あなたは俺の光だった。俺の全てだった。あなたと会っているときの俺だけが、本当の俺だった」

「アレク」

「政略結婚なんかくそ食らえだ。俺には最初からあなたしかいなかった。きちんと俺の言葉を聞いて、親身になって答えてくれた。敬虔なのに、どこかざっくりしていて、最後は笑い飛ばしてくれるのも好きだった。全部、全部、好きだった」

「アレク、待って、待って……」

「十年待った。もう、少しも待てない」

「待って……！」

悲鳴みたいに叫ぶと、アレクははっとしたように黙りこんだ。

メイも心配そうにこちらを見ているのがわかる。

(心配かけてる。ごめんなさい。でも……このままじゃ、頭はぐちゃぐちゃ、心臓は大爆発しちゃいそうで)

エレノアは自分の頭を抱え、一生懸命呼吸を整える。

「わ、私、も、あなたが……」

(好き。だと、思う、けど)

エレノアは必死に今までのことを思い出した。

初めて会った時から、アレクはエレノアの視界で一番輝く存在だった。

高貴な生まれの、美しく、純粋な人。

いつだって品のいい冗談でエレノアを笑わせてくれて、そのあと切なくなるような寂しい目をしていた。

彼のことを放っておけたことなんか一度もない。彼の言葉を忘れたことも。

朝に神殿の前庭を掃除するときも、夜に礼拝堂の蠟燭《ろうそく》を灯《とも》すときも、うっすらと彼のことを待っていた。

彼と会えた日は嬉しくて、会えなかった日は訳もなく寂しかった。

そんなことがあり得ないと知ってはいても、彼が家族である日常を思ったこともある。

(でも、それは、あくまで家族で子犬みたいな、弟みたいなアレクで)

「……わからないんです」

「何がわからない？　俺の愛が？」

「違います！」

エレノアは首を横に振って、涙目の顔を上げる。

「わからないのは、この十年間に、何があったかです……！　私が病気だったことはわかりました。あなたが……愛のために、私と結婚してくれたと言うのなら、それは、嬉しいです。でも、反対はされなかったのか、とか。そもそも戦争で、あなたが怖い思いをしなかったか、とか。あなたは確かにアレクだと思うけど、昔より、ずっと悲しい目をしていて……」

必死に語っているうちに、ぼろぼろと涙がこぼれ始めてしまった。

一滴、二滴、涙がティーカップの中に落ちて波紋を描く。

エレノアは、気付けば子供みたいに泣きじゃくっていた。

「ほんとに、私で、いいのかっ……私が、好きとか言ってて、いいのか、とか、そんなことも考えるし、私、何も知らない、し……あなたが大変だったときに、寝てただけだし、こんなだけど、年上だし……みなしごだし、聖女だし、私、私……っ」

「エレノア」

低い声で名を呼ばれたと思うと、エレノアはアレクに抱きしめられていた。

いつの間にか席を立ち、傍らに立っていた彼に、エレノアもすがりつく。

(きれいな服、汚しちゃうな)

そんなことを考えながらも、エレノアは涙を止められない。

アレクは彼女の背中を、優しく、丁寧になで続けた。

そうやって体温を分けてもらうと、エレノアの気持ちも穏やかになってくる。止められないと思っていた涙も、やがてふっつりと流れるのをやめた。

「……エレノア。外に出よう」

「え……？」

急に予想外のことを言われ、エレノアはついつい顔を上げてしまう。

涙まみれの顔を、アレクはそれでも愛しげに見下ろしながら告げた。

「故あって、お忍びにはなってしまうが、それでもよければ、俺と一緒に外に出よう。あなたの言うことは正しい。――まずは、俺の十年を見せてあげる」

2. 消えない傷と金の指輪

「これはこれは、ようこそいらっしゃいました、陛下！　……ではなくて、ええと？」

「お忍びだと言っただろう。若き大商人ダージェスと、その妻だ」

アレクが難しい顔で言うと、神殿長はにこにこと頷いた。

「そうでした、そうでした。いらっしゃいませ、ダージェス様。本日は神殿に何のご用でしょう？　ご見学ですか？　それとも、神殿特産の商品をお買い上げに？」

「まったく、調子のいい奴だ」

ため息を吐くアレクの横で、エレノアはぽかんとして周囲を見渡していた。

アレクとお茶をして三日後、アレクは約束どおりにエレノアを塔の外に出してくれた。

向かった先は、宮殿のある丘の隣の丘にある神殿だ。エレノアの育った場所である。

が、そこは十年前とは全く様子が違っていた。

（これが、神殿……？）

飾り気は少ないが上等なドレスの上に、フード付きのケープをまとったエレノアは、フードの下から神殿の様子をうかがう。

十年前と同じなのは、石を切り出して作った基本の建物だけ。

以前はむき出しだった石の床には織り目のしっかりした絨毯が敷き詰められているし、木造の内装部分は全部新しい艶のある木で作り直され、寒々しかった壁にはタペストリーがかかり、家具も残らず質素ながら上質なものだ。

お忍びということで髪を黒く染め、軍服の代わりに金糸の刺繡がたっぷり入ったチュニックを身につけたアレクは、塔で見るよりも大分くだけて野性的に見える。

アレクはエレノアを優しい瞳で振り返ったのち、神殿長に向き直った。

「とにかく、我が妻はこうなった神殿は初めてなんだ。最近の聖女たちの様子や取り組みについて、案内してやってほしい」

「なるほどなるほど、もちろん構いませんですとも。さあさあ、こちらへ」

白い無精髭《ひげ》を生やした神殿長が、何度もうなずいてエレノアたちを神殿内に導く。

灰色の衣をまとった初老の男の背を眺めつつ、エレノアは十年前の記憶を探った。

（この人、十年前は事務方だったバリーさんのはず。当時は出世とは縁遠そうだったけど、いつでも聖女の味方だった。この人が神殿長になってくれたなんて……信じられない）

バリーは地味だが有能で、理不尽や権力を嫌う男だった。

十年前、神殿長をはじめとした神殿幹部たちの仕打ちがあまりにも理不尽だったときには、エレノアもバリーのもとに駆けこんだ覚えがある。

この人が神殿長になったから、こうも神殿内が変わったのだろうか。

それにしても変わりすぎだ、と思いながら、エレノアはアレクと共に歩いて行く。

中庭に面した明るい廊下を渡っていく途中で、向かいから聖女たちがやってきた。

「神殿長さま、こんにちは！」

「お客さまもこんにちは」

大きなバスケットを持った聖女たちに明るく声をかけられて、エレノアはますます驚く。

（なんて明るくて、健康そうなんだろう）

十年前は聖女たちはやせっぽちでうつむき気味なのが普通だった。でも、今の彼女たちの頬はつややかで、肉付きもしっかりしている。

アレクはそんな彼女たちを眺め、穏やかに目を細めた。

「元気そうだね。まるで石畳の間から伸びて咲き誇る花のようだ」

「あら、あたしたち、雑草みたいだって言われてる？」

「あはは、あたしたち丈夫だから、それであってるわ」

あはは、くすくすと笑いながら、聖女たちは、失礼します、と言い残して去って行く。

聖女たちのぴんと伸びた背筋を見送って、エレノアはしばらく棒立ちになってしまった。

（私の知っている聖女とは、あんまりにも違う）

神殿長が、そんなエレノアに声をかけた。

「大丈夫でしょうか、奥方さま。自慢の聖女たちですが、いささか元気すぎますかねえ」

「いえ……素敵だと思います。元気が一番ですし、みなさん明るくて、生き生きしていて。あの、みんなが持っていたのは？」

まだ戸惑いながらも、エレノアは神殿長に問いを投げる。

聖女たちが大事そうに持っていたバスケットには、油紙で作った袋がたくさん詰まっていた。そのどれもが、夢のように甘い、いい匂いをさせていたのだ。

神殿長はどこか嬉しそうに答える。

「あれは聖女たちが作ったビスケットです。陛下からのご寄付でもって、神殿で事業を始めたのですよ。神殿謹製の品を作って外に売り、神殿の運営資金の足しにしております」

「聖女がビスケットを作って、外で売っているんですか」

エレノアはびっくりして聞き返してしまった。

十年前、神殿は祈禱《きとう》や癒やしの力を使うときくらいしか市民から金銭を受け取ることはなかった。国からの運営資金も毎年削られ、貴族や商人の寄付頼みの経営だったはずだ。

それなのに、バリーは当然のようにうなずく。

「ええ。陛下はご即位なされた後、様々な改革を行われました。神殿にも多額の予算を回してくださいましたが、それを使い潰すだけではいかん！　ということで、神殿内でも比較的商才のある私を、神殿長に任命されたわけですよ」

「なるほど……それで、こんなふうになったんですか」

一応納得はいったものの、まだエレノアの胸の中は驚きでいっぱいだ。

そんな彼女の横から、アレクが潜めた声で囁いてくる。

「わかった？　陛下も色々と考えているんだよ」

ふざけた調子の囁きは、まるで十年前のアレクと同じだ。

「考えていないとは、一言も言ってないですよ」

エレノアはつられて微笑んでしまってから、慌ててフードの奥に笑みを隠した。

（うかつなことをすると、バリー様にばれちゃう）

一応お忍びなのだから、顔はなるべく隠しておかなければまずいだろう。

とはいえ、アレクが皇帝だというのは、ばればれのようだが……。

「さあさ、ダージェス様、奥方様、こちらへどうぞ。うちの畑を見ていってください」

神殿長が二人に声をかけ、さらにずんずん先へと歩いて行く。

神殿の畑には、エレノアも覚えがあった。困窮したときもせめて芋が手に入るように、エレノアたちが自由時間で作っていた畑だ。

（まだあるんだ。懐かしい）

エレノアたちが着いていくと、元は神殿長の部屋だった大きな部屋が、すっかり開け放たれてみんなの休憩所になっているのがわかった。

そこを抜けると、広々とした果樹園だ。

ベランダの向こうは青々とした空と、広々とした緑の果樹園だ。

「え……？　すごい……緑が、こんなに……！」

エレノアは先ほどの注意深さなどすぐに忘れて、目の前の景色に感嘆の声をあげた。

どこまでも続いているように見える果樹園は、昨日や今日から始まったものではない。

丁寧に手を入れられ、すでに果実を実らせる準備が出来ているように見えた。

「これは、何畑ですか？　芋じゃなさそう！」

エレノアはついつい問いを投げてしまう。

神殿長は二人をベランダに用意された円卓に導いた。

「うちの葡萄《ぶどう》畑です。もうすぐ葡萄酒も出荷できますよ」

「葡萄？　そんな難しいものを育ててるなんて、すごい……！　葡萄酒にしたら、きっと高く売れるだろうし……こんなの、私が考えもしなかった景色です！」

淡い興奮が湧き上がってきて、エレノアの声は大きくなった。

目の前の景色を見て、神殿の変化が腑《ふ》に落ちる。

新皇帝にお金をもらったからといって、すぐに聖女に笑顔が増えたわけではない。

神殿が、聖女たちが魔法以外で認められ、自力でお菓子を食べられる場になったから、みんなが明るくなったのだ。

神殿長はにこにこと円卓の中央の菓子鉢を指さす。

「神殿が物を売るなんて、という輩もいましたが、そこは聖女たちが頑張りましてね。みんなが黙るくらい美味しいものを作ればいいんだ、と言って努力、研鑽《けんさん》し、美味しいビスケットを焼きました」

「聖女が頑張るのは、美しい伝統だね。俺としては、もう少しのんびりさせてあげたい気もするけれど」

アレクは円卓につくと、目の前に広がる葡萄畑を見やる。

エレノアも円卓の反対側に座り、きゅっと拳《こぶし》を作って、うきうきと主張した。

「みんなが頑張るのは、楽しいからだと思います！　頑張りがきちんと形になって、人のためになる。それほど楽しいことって、あんまりありません」

そんなエレノアをちらと見やり、アレクの口元が緩む。

「頑張りがきちんと形になって、人のためになる。真理かもしれないが、俺は、見知らぬ誰かよりも、目の前の奥方を笑顔にさせたい」

「っ……、そ、それは、光栄です……はい」

一気に顔が熱くなり、エレノアは深くうつむいてしまった。

神殿長はそんな二人をにこにこと眺め、ビスケットの入った菓子鉢を勧める。

「どうです、お二方。おひとつ召し上がりませんか？」

「あ……はい。その、旦那様、お先に」

ビスケットを勧められたのは嬉しいが、さすがに皇帝陛下より先に口をつけるわけにはいかないだろう。

そっと菓子鉢を押しやると、アレクは優雅な所作でビスケットをつまんだ。

そうしてにっこり笑い、ビスケットをエレノアのほうへ向ける。

「ありがとう、奥方。では、口を開いてくれるかい？」

「な、なんででしょう……？」

予想外の展開に、エレノアはびくりとした。

が、アレクは至極当然、といった顔で続ける。

「ビスケットを食べるには、口は開くべきじゃないか？」

「それは、そうです。そうですけど……！」

（なんで、手じゃなくて口を開かなきゃいけないんだろう？　これが皇宮の作法？　それか、ひょっとして、毒味ってこと……？）

毒味というのはありそうだな、とエレノアは思い直す。

だったら躊躇うのも、拒否するのも失礼だ。

「わかりました、いただきます」

　エレノアは決意し、小さく口を開ける。

　アレクはくすくすと笑いながら、そこにビスケットを差しこんできた。

　ビスケットはエレノアの歯に当たった途端にほろりと崩れ、口の中いっぱいに新鮮なバターの香りが広がる。甘くて香ばしい匂いに口中が満たされるのに、ビスケット自体はあっという間に溶けて消えてしまった。

　まるで夢幻のような美味しさだ。

「すごい、美味しい！」

　エレノアは目を瞠って歓声を上げ、続いて自分の脈を取る。

　どうやらおかしくはならないな、と確認してから、アレクに向き直った。

「旦那様、毒じゃああリません。とっても美味しいので、是非どうぞ」

「ふっ。これは、毒味だったの？」

　耐えきれない、という様子で噴き出すアレクに、エレノアは小首をかしげる。

「違いましたか？」

「いや、うん。そう思ってもらっても構わないよ。俺もひとつ、いただこう」

　くっくと笑いを喉の奥に押しこめながら、アレクは自分用のビスケットをつまんだ。

　口の中に放りこむと、幸せそうに目尻が下がる。

「本当だ。前より、さらに歯触りがよくなった気がするな。みんなの努力のたまものだ

ね」

「光栄でございます」

神殿長が深々とお辞儀をし、アレクは鷹揚《おうよう》に頷いている。

その横顔を見て、エレノアはなんだかほっとした。

(アレクの十年は、大変なことばっかりじゃなかったんだ。こうして感謝されて、甘いお菓子を食べる時間もあったんだ)

嬉しかった。なんだか、ものすごく、嬉しかった。

聖堂を活気づかせてくれたのも嬉しかったが、それ以上に穏やかなアレクが嬉しい。

エレノアは手の中に残ったビスケットを、さり、とかみ砕く。

明るい空、素晴らしい畑、美しい男性、美味しいビスケット。

まるで、夢だ。

夢よりも美しい、現実だ。

「――そうそう、それを召し上がったら、もうひとつ見て頂きたいものがあるんですよ」

神殿長が不意に切り出し、アレクがビスケットをつまむ手を止める。

「俺の要望はここまでだが、一体なんだ?」

「大したことじゃありませんが、せっかくですのでご意見を頂きたい件がありまして。この、中の部屋のことなんですが」

バリーは話しながら、ベランダから室内へと戻っていく。

アレクとエレノアはちらと視線を交わし、先にアレクが立ち上がった。

エレノアも後について室内へと入っていく。

ベランダがついている部屋は、元は神殿長の部屋で、ずいぶんと広く天井も高い。

十年前のエレノアがこの中に入ったことは、たったの数回しかなかった。重苦しいキャビネットに価値の高そうな置物類がたくさん押し込められていたのを、おぼろげに覚えている。

今は重苦しい家具はすべて取り払われ、みんなが使える長椅子や円卓が置かれ、明るい雰囲気の場所になった。

ただひとつだけ違和感がある。

来た時は見過ごしたが、壁一面に汚れた布がかけられているのだ。

(色とりどりの汚れ……絵の具かな？)

エレノアが不思議に思って見上げていると、バリーが布の端を持って引っ張った。

ばらり、と布が床に落ち、エレノアは息を呑む。

その横で、アレクもわずかに身じろいだ。

「こちらの壁画なんですが、皇帝陛下が『画題を変えたほうがよい』とおっしゃっておりまして……ですが、我々はこのままここに飾っておきたいのです。お二方は、どう思われます？」

バリーの問いかけに、エレノアはすぐには答えられなかった。

石壁を漆喰《しっくい》で塗りこめたのちに描かれたその絵は、とにかく大きく、力強かった。

そそり立つ皇宮を背景に、真っ白な鎧も神々しい騎士が剣を握りしめている。

金の巻き毛に、宝石のような青い瞳。

（アレク……！　これ、アレクだ。十年前の、アレクの絵）

見慣れたアレクのはずなのに、その瞳はエレノアが見たことがないほど苛烈だ。

怒りと正義感を全身に宿した彼は、まるで高貴な獣のよう。そして彼は、白い肌も、磨き上げられた剣も、上等な鎧も、どこもかしこも、鮮やかな赤い血で彩られている。

そんな彼が空いた腕に抱えているのは――。

（私……？）

多少美化されてはいるが、間違いない。

壁画のアレクは、エレノアをかばうように抱き、煙を上げる皇宮を目指す。

抱かれたエレノアは目を閉じ、ぐったりしていた。

（これってつまり、私が病気にかかった後？　それとも……？）

「これは、一体……？　皇帝陛下が、わた……聖女を、守って……？」

エレノアは問いを投げようとしたが、ちっとも整理された言葉にならない。

だって、目の前に血まみれのアレクの姿があるから。

戦の中で傷ついたアレクが、そこにいるから。

駆け寄りたい。手を差伸べたい。

でも、できない。

これは、過去に起きたことだから。

立ち尽くすエレノアの横で、アレクは沈黙を守っている。

バリーはにこにこと解説を始めた。

「先の聖戦の際、宮廷にはびこる邪悪を打ち倒し、聖女エレノアを取り戻した皇帝陛下、アレクシス様のお姿を描いたものです。私腹を肥やして民や神殿に無理を強いてきた先代皇帝に対抗するため、アレクシス様は貴族連合を率いて帝都に攻め上られました。劣勢になった先代皇帝は、しまいにはこの神殿に立てこもり、自分たちには女神アステールの加護があるのだと主張したのです」

「神殿に、立てこもった……？　ここが戦場になったんですか？」

エレノアは焦ってバリーに問いかける。

バリーは笑みを薄めて、静かに頷いた。

「はい」

「そんな……！　みなさんは、聖女たちは、無事でしたか？」

「無事でしたよ。アレクシス様自らが電光石火の奇襲をかけ、聖女を取り戻し、先代皇帝軍を打ち払ったのです。眠れるエレノア様を皇后とすることで、アレクシス様はアステールの騎士となって永遠に邪悪と戦い続ける、という意志を示されました」

伝説みたいな話だ、と思った。

目覚める直前にみた夢みたいな、そんな話だ。現実にあったとは思えない。

でも、目の前には証拠がある。情熱を持って描かれた、アレクの壁画が。

呆然と壁画に向き合うエレノアを見つめ、バリーは付け足した。

「アレクシス様の劇的な聖女奪還に国中の民が心を震わせ、それもあってこの神殿もこのように居心地のよい場所となったわけです。というわけで、陛下への尽きぬ感謝を忘れないためにも、陛下と聖女のこの壁画、是非ともここに飾っておきたいのですよ」

「……それを、陛下に進言しろというのか？　お前たちの気持ちはありがたいが、この絵はあんまりにも血まみれだ。アステールが好むとは思えない」

ようやく口を開いたアレクは、なんとも憮然《ぶぜん》としている。

「ですが、陛下のお姿、色男に描けておりますよ」

にこにこと言うバリーに、きゅっとアレクの眉根が寄った。

「そういう問題じゃないだろう」

「エレノア様も美人で……」

「本人のほうが美人だ！」
アレクがお忍びそっちのけで即答し、バリーが微笑ましそうに対応する。
二人の会話は、今のエレノアには妙に遠くに聞こえた。
彼女の心は、まだ目の前の壁画に囚《とら》われているのだ。
絵画の中のアレクが流す血から、目を離せない。
（きれいなアレク。宝飾品みたいなアレク。あのアレクが、こんなに、血を流して）
苦しくなかったわけがない。痛くなかったわけもない。
怖さだって、きっと、あった。
だからあの夜、アレクは、エレノアにすがりに来た。
窓をくぐって、聖女宿舎にやってきた。
（そんなあなたに、私、あんな古い指輪を渡すことしか、できなかった）
目の前が、すうっと薄暗くなるような気分だった。
こんなことになるとわかっていたら、もっと他のことを言えたのではないか。
もっともっと真剣に、アレクのために祈れたのではないか。
（何を考えても、何もかも――もう、十年も前のこと）
無力だ。自分はあまりに無力で、能天気だった。
緻密な絵をよくよく見れば、アレクがどこに傷を受けたかもわかってしまう。

彼には傷が無数にあった。中でも大きいのは、肩から、少しばかり丸まった背中に向かって走った一筋の傷。

その傷から垂れた血が彼の半身を赤く染め、エレノアのドレスにまで滴っている。

エレノアは目の奥がかっと熱くなるのを感じ、必死に声を振り絞った。

「旦那様……！」

「どうした、我が奥方」

彼はすぐに答え、彼女を見下ろす。

今は血の臭いなんかまったくしない、きれいな顔だ。

ただ、昔にはなかった倦《う》みのようなものが、瞳の奥に漂っている。

エレノアは、青ざめた唇で必死に言葉をつむいだ。

「二人に、なりたいです」

「……今、なんと？」

アレクがわずかに目を瞠って言う。

エレノアはよろけるように前に出て、アレクのチュニックにすがって訴えた。

「私、旦那様と二人っきりになりたいです。できるかぎり、早く」

† † †

「これでいいんだね、エレノア」

「はい。ありがとうございます」

エレノアは、寝台の上に両足を折りたたんで座り、頷く。

アレクも目の前に同じように座り、緊張の面持ちである。

神殿から帰ってきた日の夕方。

アレクは髪の色を元に戻し、エレノアは着替えて、エレノアの寝室で落ち合った。

エレノアの『二人っきりになりたい』という希望を叶えるためだ。

向かい合う二人の格好は、アレクがシャボつきの白いシャツとズボンだけ、エレノアは真っ白なドレス型の寝間着だけ。

あまりにも無防備な格好だが、今はそれどころではない。

エレノアは、折りたたんだ両足の上に、きゅっと拳を作って身を乗り出す。

「では、服を脱いで頂けますか」

「……わかった。最愛の妻の望みだ、叶えよう」

アレクはしばらく考えこんでいたが、やがて覚悟を決めたようだ。

深いため息を吐き、エレノアに背を向ける。

絹のシャツがなめらかに男の肌を滑り、ぎょっとするほど広い背中があらわになった。

触れなくてもがっちりと硬そうなのがわかる、鍛え抜かれた背中だ。

そこを、斜めに古い傷跡が横切っている。

(……深い)

エレノアは衝撃で息を呑む。

ざっくりと背中を斜めに走る傷は、茶色く色が染みついている。

十年前の傷がまだこんなふうに残っているなら、相当深くまで斬られたはずだ。

目の前に壁画の血まみれのアレクがちらつき、エレノアはくらりとめまいを感じた。

「大丈夫かい、エレノア。やはり、見て面白いものではないだろう」

アレクは、どこか自嘲交じりの声を出す。

彼は多分、恥じている。

誇り高い騎士は、受けた傷をさらすのをよしとはしないのだろう。

痛みを噛《か》み殺《ころ》し、恐怖を捻《ね》じ伏《ふ》せて、あらゆる負の感情を燃えるような闘争心に置き換えて、必死に剣を振るったのだろう。

ただの想像だけれど、あの絵を見て、エレノアにも少しだけわかった、気がした。

騎士の誇りが、どれだけの苦痛の上に成り立っているかを。

(なのにアレクは、私に傷を見せてくれたんだ。しっかり、しなきゃ)

エレノアは軽く自分の両頬をはたくと、腹に力をこめなおした。

あとは目の前の傷に集中し、真剣に言う。

「見せてくれて、ありがとうございました。他の傷はともかく、背中の傷は色もついているし、周囲もうっすら赤くなっています。まだ痛むんじゃありませんか？」

「……それは、治癒の力を使う、聖女としての意見かい？」

アレクの答えは、やはり自嘲的な色をまとったままだ。

ひるみたくなる心を奮い立たせ、エレノアは答える。

「はい。治癒の祈りは、得意なほうですから」

得意なほう、というのは、少々控えめな言い方だった。

エレノアは治癒の祈りに関しては、神殿一の使い手だ。

おかげで他の聖女のぶんの祈りも引き受けることも多かったが、それで喜んでくれる人が居るなら、エレノアに不満はなかった。

(数をこなしたから、傷の深さや症状の見当はつく。これは、絶対、痛いはず)

唇をきつく噛みながら待っていると、アレクは再びのため息と共に白状する。

「酷く冷えこむ日や、明け方、夕方には、たまに痛む。でも、もう慣れたよ」

嘘だ、と言いたくなったが、どうにか堪えた。

もし本当にそうだったとしても、痛みに慣れてほしくなんかなかった。

絵の中で美しく倒れている自分を、思い切りはたきたかった。病気なんかになって倒れている場合じゃなかった。

でも、後悔ばかりしていても、何も事態は変わらない。

(今の私ができることは、ひとつだけ)

「……癒やしの祈りを行っても、いいですか？」

エレノアが問うと、アレクは観念したように浅くうなずく。

「……お願いするよ。聖女さま」

望んだ返事をもらったエレノアは、ただちに手を組み合わせて目を閉じた。

「――慈悲と慈愛の女神、アステールよ。あなたの加護を賜った、薔薇の乙女の教えに従い、私はあなたにおすがりします。欠けたものを満ちたるものへ。痛みのない楽園の日差しを、今ひととき、この手に宿したまえ」

心をこめて宣言すると、組み合わせた両手がじわりと温かくなってくる。

エレノアは慎重に指をほどき、両手をアレクの背中にかざした。

手のひらの熱に集中しながら、まぶたの裏にアレクの傷を思い描く。

(あれは、アレクの欠けたところ。治してあげたい。まっさらになるまで)

エレノアは強く願い、今度は傷のないアレクの背中を想像した。

なめらかな肌に、存在感のある筋肉がたくましく盛り上がっている様子。傷ひとつない身体はきびきびと動き、背筋は自然とぴんと伸びる。

そうして視線を上げれば、アレクが屈託のない笑みを浮かべている――。

(どうか、彼が、また、あんなふうに笑えますように)

切実な祈りを捧げた瞬間、エレノアの手のひらが急に熱くなった。

「っ……！」

痛みを感じるくらいの熱さに、エレノアは悲鳴をかみ殺す。

とっさに手を引いてしまい、エレノアは、はっとして目を開いた。

(いけない、まだ途中だったのに！)

いつもとは全然違う感覚に驚いて、祈りを中断してしまった。

あんな痛み程度で手を引くなんて、と、自分に絶望しながら、エレノアはアレクの背中を見つめる。今までの経験からすると、まだ祈りの効果はろくに出ていない段階だ。

(すぐに立て直して、もう一度……。あれ？)

エレノアは自分の目をこすり、改めてアレクの背中を凝視する。

たくましい背中。広い背中。

そこにあった傷は――嘘のように、消えている。

「嘘……できた？」

自分でも信じられないような気持ちで、エレノアは小さく叫んだ。

本当だろうか、と何度も見つめ直すが、間違いない。

そこにあるのは、自分が思い描いた無傷の背中。

できた。

できたのだ。

「本当に？　十年も前の傷が、癒やせたのか？」

驚いて振り向いたアレクに、エレノアは興奮してうなずきかける。

「はい！　できました！　見た目もきれいですし、この調子なら深いところまで治癒しているはず。痛むようなことも、もう……！」

はしゃいで続けようとしたとき、ずきり、とエレノアの背中に痛みが走った。

骨まで響くような、重い痛みだった。

「……っ……」

エレノアは思わず息を止め、自分の身体を強く抱いて縮こまる。

「どうした、エレノア！」

アレクが切羽詰まった声で名を呼び、熱い腕が抱き留《とど》めてくれる。

エレノアは彼の肩に頭をもたせかけて、必死に呼吸を整えた。

「だい、じょうぶ……なんでも、な……」

「なんでもないという顔でも態度でもない。待っていろ、医者を呼ぶ」

力強い腕に囲われて寝台から下ろされそうになり、エレノアはどうにか声を張り上げる。

「本当に、大丈夫です！　治癒の、祈りのあとは……患者さんの痛みが、聖女に移ることが、あって……それが、強く出ただけ。――もう、和らいできました」

脂汗の残る顔で微笑んでみたものの、アレクは半信半疑の様子でエレノアを見つめる。

「俺の痛みが、あなたに？」

「はい。でも、こんな痛みは患者さんの痛みに比べれば軽いものです。本当に痛かったのは……つらかったのは……」

そこまでは笑顔で言ったのに、最後にじわりと涙がにじんできてしまった。

エレノアは慌てて強く目を閉じる。

「……ごめんなさい」

「エレノア。無理に喋ることはない、少し休んで」

アレクはエレノアを注意深く抱き寄せ、穏やかな囁きを落としてくれる。

彼の気遣いと熱に包まれて、エレノアは、ついにぽろりと涙をこぼした。

「ごめん……なさ……い、アレク……」

「なぜ謝る？　あなたが謝るようなことは、何もない」

「だって……あんな……あんな怪我をして、傷ついて、苦しんで……わ、私、なんかを、助けてくれて……っ！」

嗚咽《おえつ》交じりに必死に訴えると、抱きしめてくる腕が少しだけ強くなる。

「なんか、なんて言うな。あなたが、俺のすべてだ」

そう告げた彼の声には、変な甘さも憂いもなくて、ただひたすらに真っ直ぐだった。

目覚めた直後は、あまりにも急な話にまったくついていけなかった。

愛の言葉を囁かれても、どうしても疑いの気持ちが混じった。

でも、違った。

彼は命がけで自分を愛してくれていたのだ。

血みどろになってエレノアを奪還し、十年も待っていてくれたのだ。

愛する気持ちを少しも枯らすことなく、毎日この部屋に通ってくれた——。

(私、どうして病気なんかになったの。二十年間、ろくに風邪も引かなかったのに)

悔しい。悲しい。どうしようもない。

エレノアは小さくいやいやをしながら、途切れ途切れに言う。

「私、肝心なときに、あなたの側に、いられなくて……治してあげることも、できなくてっ……。本当に、ごめんなさい。せめて、病気なんか、ならなければよかったのに……！」

「エレノア。俺を見て」

「……？」

エレノアがわずかに顔を上げると、アレクはエレノアを抱く腕をゆるめた。

エレノアの寝間着の両肩を摑《つか》んで少しだけ距離を取り、アレクは穏やかに微笑む。

「何が見える？」

「……？　あなたしか、見えません」

まだ止まらない涙をそのままに、エレノアは答えた。

アレクは笑みを深めて、親指でエレノアの涙をぬぐってくれる。

「もうひとつ、見えるはずだ。懐かしいものが」

「懐かしい……？」

一体なんのことだろう。

エレノアは自分の手の甲でも涙をぬぐい、改めてアレクを見つめた。

そして、今さら上半身裸の彼に、どきりとする。

あの背中からして当たり前なのだけれど、正面から見ても、彼の身体は引き締まった男性的美の塊だった。隅々まで力に満ちた、実用的な筋肉。

なんの装飾も要らない、完璧な実用美だ。

そこに、ころんとしたペンダントがかかっているのがまた、アンバランスで色っぽい。

ペンダントヘッドは小さくて凝った意匠の輪っかで、おそらくは金なのではないだろうか。ひょっとすると、指輪なのかもしれない。

おそらくは女ものの……。

「えっ」

エレノアの脳裏にひとつの光景がひらめき、同時に声が出た。

あの夜。窓から聖女部屋に入ってきたアレク。

アレクにすがられて、彼を抱きしめた自分。

その後自分は引き出しから古い指輪を取り出して、アレクに渡した……。

「気付いてくれた？　あなたがくれた、お守りだ」

アレクは胸の真ん中に下がった指輪に、指先で触れる。

間違いない。これはエレノアが十年前、アレクに『お守り』と言って渡した形見の指輪だ。

当時は余裕がなくてずいぶん汚かったけれど、今は顔が映りこむくらいに磨かれている。

今まで丁寧に扱われてきたのが、よくわかる。

(てっきり、とっくに捨てられたかと思っていたのに)

「この指輪……まさか、ずっと……？」

エレノアが聞くと、アレクは甘く崩れた笑みを浮かべて答えた。

「そうだよ。あなたの指輪はずっと、俺の心臓の、一番近くにいたんだ」

ぞくっ、とエレノアの背中に何かが走った。

寒気のようだけれど、もっと甘い何かだった。

（私の指輪、ずっと、そばにいたんだ。アレクの心臓の、一番そばに）

妙に胸がどきどきして、エレノアは指輪から視線をそらせなくなる。

赤ん坊のときから自分と一緒だった指輪が、アレクに丁寧に磨かれて、美しい身体の上でアレクの鼓動を聞いていた。

それだけのことで、ひどくそわそわする。

とっ、とっ、とっ、と鼓動が走り出したのがわかった。

いつの間にやら涙は止まり、胸に満ちた罪悪感ごと身体が温まっていく。

（私はダメだったけど、私の指輪は、少しでもアレクを守れたのかな）

だとしたら、嬉しい。

ものすごく。

エレノアはいつしか、ぽうっとしながら指輪に見入っていた。

それに気付いたのだろう、アレクは節の目立つ指先で、つう……っ、と指輪の輪郭をなぞる。

ゆっくり、時間をかけて。曲線に沿って、労《いたわ》るように。

「んっ……」

ぴくりと体が反応し、エレノアは吐息を漏らした。

見ているうちに、全身に染み入るような甘い痺《しび》れが広がったのだ。

「大丈夫？　エレノア」

アレクは心配そうな声を出すけれど、その指はまだ指輪をもてあそんでいる。

きれいに爪を切った指先が、するんと指輪を引っかけた。

爪先は素直に指輪にもぐるけれど、剣術で鍛えられた節に引っかかって止まってしまう。

ますます胸が高鳴って、エレノアは濡れた目でアレクを見上げた。

「だ、大丈夫、ですけど……私……おかしいですね……？」

「どうかな。まだ痛いのなら、心配だけど」

アレクは囁きながら、金の指輪を口元に寄せた。

エレノアは吸いこまれるように、指輪を見つめながらつぶやく。

「痛くはないです。ただ、その指輪が……なんだか、私自身みたいに思えて……」

アレクはそれを聞くと、蕩《とろ》けるような笑みを浮かべる。

「この指輪は俺を守ってくれた。俺の心と、魂を」

そして、彼は、うやうやしく指輪に口づける。

（ああ……）

金属に触れて、やわらかに押しつぶされるアレクの唇。

なんて、魅力的なのだろう。いかにも温かく、心地よさそうで——。

「これは、あなただ」

指輪から、ほんの少しだけ唇を離して、アレクが囁く。

（だったら、私にも）

自然とそんなことを考えてしまい、エレノアはうっすらと唇を開いた。

あの唇が、ほしい。自分にも、触れてほしい。

はしたない望みなのはわかっているが、気持ちがあふれてきてしまう。

十年間、絶えず注がれたであろうアレクの愛が、エレノアの中でほころび、花開こうとしている。

（触れたい）

「アレク……」

エレノアは、我知らず熱い吐息を漏らし、アレクに身体を寄せる。

アレクはかすかな微笑みを含んで、それを見ている。

細められた目はいつも通り美しかったけれど、今は宝石のようには見えない。もっと生々しい熱がある。涼やかな青の向こうに、熱いものがふつふつと湧いているのがわかる。

アレクとエレノアの顔が近づく。

唇と唇が今にも触れそうになったところで、アレクは不意にエレノアの腕を掴み、動きを止めた。

（あと、少しで触れられたのに）

エレノアは悲しげにアレクを見上げる。

アレクはそんなエレノアをうっとりと見つめて、囁く。

「エレノア。あなたに、触れていい？」

「いいです。おねがい、触れてください……！」

エレノアが切実な願いを口にすると、いきなり唇が重なった。

触れあった途端、心地よさでエレノアはふるりと震える。

（やわらかい、甘い、とろけそう……）

初めて口にしたバターたっぷりのお菓子みたいに、アレクの唇の感触は甘かった。

エレノアはあっという間に夢中になってしまい、もっと、もっととアレクの唇を求める。

アレクはそんなエレノアの反応を楽しむように、触れあうだけの口づけを繰り返した。

一度、二度、三度。

（どうしよう。止まらない）

もっと、もっとほしい。

永遠にこうしていたいくらいだ。

一体何度繰り返したのか、わからなくなったころに、アレクがくすくすと笑い出す。

「どうしたの。口づけが好き？」

「ご、ごめんなさい、私」

はっとしてエレノアはアレクから顔を離そうとした。

が、アレクはそんなエレノアの後頭部を、大きな手のひらで支えて囲いこむ。

「いいんだよ、好きで。俺は嬉しい」

甘やかす声音で言い、今度は覆《おお》い被《かぶ》さるようにして唇を重ねてきた。

自分で求めたときよりも強くアレクを感じ、エレノアの頭はじぃん、と痺れる。

(人の熱が、心地いい……こんなの、初めて)

ふわふわと熱に浮かされたようになっていると、実際に体がふわりと浮く。

「え」

何を、と問う前に、エレノアは寝台の中央に優しく下ろされていた。

アレクはエレノアの腰をまたぐように寝台に膝をつき、うっとりと囁く。

「十年待った。待つのは苦しくはなかったよ。あなたはこの世の美徳の化身だ、崇拝するに値する。そして崇拝に肉欲は必要ないからね」

「崇拝……？」

一体なんの話だろう、とぼんやりしていると、再び口づけが降ってくる。

今度は唇だけではない。頬にも、耳たぶにも、首筋にも、甘い唇が押し当てられる。

そのたびに体がぽうっと温かくなって、下腹部に熱い感覚がにじみ始めた。

(不思議。どうして、こんなところが？)

エレノアの呼吸が熱くなってきたのを、アレクは感じていただろうか。

彼はエレノアの首筋に口づけたあと、どこか敬虔に囁いた。

「あなたを。あなただけを、ずっと心に刻んでいる。そのまま死んでもいいとすら思った」

死、という言葉にどきりとして、エレノアはいやいやと小さく首を振る。

「アレク……死んでは、ダメです」

まるで小さな子供のような気分だ。

目の前の人がいなくなるのはいやだった。

そんなことになったら、もう少しも生きていけないような気がした。

(アレク、ここにいて。どこにもいかないで)

目尻に涙さえにじませて見上げてくるエレノアを見ると、アレクはさも嬉しそうに笑った。

十年前みたいな少年じみた表情で、彼はことんとエレノアの胸の上に額を預ける。

「ここにいるよ。あなたが許してくれるかぎり、ずっといる」

「よかった……」

エレノアがほっとしてアレクを撫でようとしたとき、彼はエレノアの胸の間にあった、寝間着の白いリボンを噛んだ。

「アレク……？」

気付いた時には、すうっとリボンがほどかれている。

エレノアの寝間着はたっぷりレースを使った前身頃が左右に割れており、白いリボンの編み込みで綴《と》じ合わされているものだった。つまり、リボンを抜いてしまえば、胸の真ん中がぱっくり開いてしまう。

「あっ……！」

聖女としては立派すぎると常々思っていた胸の双球が、今にも身頃の隙間から姿を現してしまいそうだ。

「ま、待ってください、あの！」

エレノアは慌ててアレクの手を押さえる。

アレクは手を止め、優美で大きな犬みたいに、悲しげな顔でエレノアを見つめた。

「エレノア、あなたに触れるには、この布が邪魔なんだ。わかるだろう？」

（かわいい。きれい。かなしそう……って、違う、このひとは、今は年上の、男性で）

思わずぼうっとアレクに見とれているうちに、彼の指はすっかりエレノアの寝間着の編み上げを緩めてしまっていた。

もはや陥落寸前なのはわかっていたが、エレノアは最後のあがきで訴えかける。

「わ、わわからないではないですが、あの、まだ、殿方には、誰にも……っ」

「誰にも見せたことがない？　素晴らしい。これからも、俺以外には見せなくていい」

アレクは言い放ち、同時に柔らかく白い双球を、寝間着の外へと掬《すく》いだしてしまった。

「……っ……」

エレノアは羞恥で真っ赤になって顔をそらすが、暴れる気にはなれない。

胸に触れているアレクの手は、唇と同じく温かく、心地よかったからだ。

エレノアの心がほぐされたのとほとんど同時に、エレノアの身体もアレクを受け入れる準備ができはじめていた。

「きれいだ……想像よりも、よほど」

アレクは熱いため息を吐き、たっぷりとした双球を手のひらに収める。

「想像、って……んっ……」

そんなことをしたんですか、と言おうとしたが、言葉にはならなかった。

エレノアは頬を染めたまま、やわやわと揉《も》みこまれる自分の胸を見つめる。

自分でもまじまじ見る機会のなかったそれが、アレクの美しい指の間でやわやわと形を変えていく。くすぐったかったのは最初だけで、すぐに胸全体が敏感になってきた。

（なんだろう、不思議な、感じ）

エレノアはもどかしい感覚に頬を染めて、アレクの手つきに集中する。

彼の手つきはひどく優しいが、ときたま欲望に負けたように激しくなった。

そんなときにひしゃげた双球がひどく淫靡《いんび》に見えて、エレノアはきゅっと目を閉じる。

するとアレクは、麗しい双球の突端近く、薄紅に染まった頂全体を、二本の指でもって優しくつまんだ。

「んぅっ……？」

ぴりり、とした痺れが胸から腰に走り、エレノアはわずかに腰を浮かせる。

（何？　胸、腰も、痺れが）

「きれいだ……まだもぎられたことのない、神の果実だね」

アレクは熱っぽく囁きながら、つまんだ場所にリズミカルに刺激を与えていく。

そもそも快楽を感じるように作られている場所を丁寧に刺激され続けると、否応《いやおう》なく快感が溜《た》まる。あっという間に胸全体が快感の塊と化し、エレノアの唇からは熱い息がこぼれた。

「ん、んん……っ、アレ、ク、それ……っ」

「それって、なぁに？　あなたの美しい果実のこと？」

熱をはらんだ声でからかうように言われ、つまむ指に優しい力を加えられる。

途端に強めの快楽に貫かれ、エレノアはふるりと震えた。

「や、ぁっ……！」

「かわいい……そして、本当に美しいよ。あなたのここがどうなっているか、見てごらん」

「う……？　どう、って……？」

不安になってうっすらと目を開くと、アレクのつまんだところは、先ほどまでよりずいぶんと鮮やかな色になっていた。一番の突端は、まさしく果実のように凝っている。

思わず凝視してしまってから、羞恥で顔がかあっと熱くなった。

「や……！　私、おかしい……！」

「これくらいで？　それは今後が大変だ。あなたは、もっともっとおかしくなるんだから」

彼はあくまで優しく言って、今度はエレノアの胸をぱくりと口に含んだ。

一番感じる紅の輪に唇を押し当てられ、じわり、と快感が広がった直後、胸の突端に歯を立てられた。

「んーっ……っ！」

まぶたの裏で白い火花が散った気がして、今度こそ腰が跳ね上がった。

「気持ちがいいね。大丈夫、普通のことだからね」

アレクはエレノアの腰の上に座り、見知らぬ快楽に暴れる体を押さえつけながら言う。

そうされると、今度は乗られた下あたり、下腹部の甘さがじぃん……と強まった。

「うー……っ」

得体の知れない快楽を逃がしたくて、エレノアは顔を背けていやいやをする。

その頭を、アレクの男らしい手が優しく撫でた。

「重いかい？　それとも、びっくりしたかな。よしよし……いい子だね」

まるきり子供扱いされて、普段なら憤慨したかもしれない。

けれど今のエレノアは、愛しい相手に優しくされる喜びですっかりと蕩けていた。

もっともっと撫でられたい。優しくされたい。

でも、それだけじゃ、下腹部の熱さは溜まるばかりなのも予想がつく。

（どうしよう。どうしたらいいんだろう、これ）

嬉しくて、気持ちよくて、苦しくて、エレノアはアレクの腕にすがった。

「アレク……こわ、い……」

こぼれだしたのは、そんな言葉だ。

押し寄せる未知の感覚を、どうしたらいいのかわからない。

このまま半端な熱さばかりが溜まっていったら、自分はどうなってしまうんだろう。

そんな思いをこめての囁きだったが、アレクは何を思ったのか、黙りこんだ。

しばらくエレノアの頭を撫でてから、アレクは、不意になだめるような声を出す。

「……続きは、またにしようか、エレノア」

「え……？」

予想外の提案に、エレノアは愕然《がくぜん》として聞き返す。

聞き間違いかと思ったが、アレクはエレノアの上から下りると、寝台に腰掛けて続ける。

「焦って、すまなかった。わかっているつもりなのに、どうしても忘れるんだ。あなたの心は十年前と同じ、無垢《むく》な聖女だっていうこと」

疲れたように笑うアレクの口調は、いつの間にやら昔と同じものになっていった。

アレクはきれいに整えられた頭をぐしゃぐしゃに引っかき回し、ため息を吐く。

「いきなり『十年待ってた』とか言って押し倒されて、心がついていかなくなって当然だよ。俺が悪い。俺が、待つべきだった。あなたが起きるのは十年待てたんだから。あと数日……いや、数年くらい、待てる」

「アレク」

エレノアはうろたえて、彼の名を呼んだ。

確かに、初めての感覚は怖かった。

でも、ここで放り出されるのも、同じくらいか、もっと怖い。

エレノアの身体と心は、もうとっくにアレクを求め始めている。

「……私たち、夫婦なんですよね？」

エレノアがつたない問いを投げると、アレクは小さく首を横に振る。

「結婚だって、俺が勝手にしたことだ。あなたを守れれば、抱き合う必要はない」

淡々と告げられた言葉に、今度こそ涙があふれてしまった。

なんだか、急に突き放されたような気がした。

アレクが遠くなるのは嫌だ。アレクのそばに居られないのは嫌だ。

アレクに会えない間に、アレクはまた大けがをするかもしれない。苦しみの世界に身を投じて、暗い瞳で戻ってくるかもしれない。

それどころか、二度と帰ってこない可能性だって、ある。

「やだ……私、には、必要です……ゆるします。アレク、ここにいて……！」

「エレノア、どうした？　大丈夫だ、ここにいるだろう」

アレクは少し心配そうに見下ろしてくる。

そんな彼に夢中で抱きつき、エレノアは必死に訴えた。

「一緒にいて。怖いところに、行かないで……」

「怖いところって……大丈夫だよ、エレノア。大丈夫、ここにいる」

アレクは何度も繰り返し、エレノアの細い顎を手で押さえて口づける。

濡れた舌で唇を押しつぶすようになぞられると、唇からも淡い快楽が生まれた。

「んっ……」

快楽は淡い恐怖を溶かしてくれる。エレノアはますますキスに夢中になった。

唇を合わせるたびに、アレクの中の熱も再び温度を上げ始める。

「本当にいいの？　続けるよ？」

耳元に熱い囁きが落ちてきて、エレノアは夢中でうなずいた。

「お願い、続けてください、お願いだから……」

「そう……じゃあ、触るよ。いやだったら、必ず言って」

アレクは少しかすれた声で言い、エレノアの片足に手をかけて押し上げる。

そうしてエレノアの足の間へ入ると、愛しげに彼女の足を撫でた。

透けそうに薄い寝間着の裾から入った手が、敏感な内ももに触れてくる。

「……っ」

触れられると、そこが湿っているのがよくわかった。

とっさに、いや、と言いかけて、エレノアは必死に言葉をかみ殺す。

（いやと言ったら、アレクはやめてしまう）

エレノアは羞恥を握りつぶすようにきゅっと拳を作り、目を閉じてされるがままになった。アレクはしっとりと湿ったエレノアの白い下着に触れて、わずかに目尻を下げる。

「俺が用意したものを、つけてくれているんだね」

もちろん、エレノアには他に選択肢がない。

用意されていた下着は、聖女時代につけていたドロワーズとはまったく違う、絹の小さな下穿きだった。最低限の部分を隠し、左右をリボンで留めているだけのもので、十年でここまで流行が変わってしまったのか、とエレノアは驚いたものだ。

アレクは下着のリボンを解くと同時に、エレノアに深く口づける。

「……！」

熱い舌を口腔《こうこう》に差しこまれ、エレノアはびくりと震えた。

口の中に他人の体の一部を受け入れるのも、もちろん初めての経験だ。

驚きながらも、エレノアは必死に小さな口を開き、彼の舌を受け入れようとする。

濡れた音が頭の奥に響き、舌を舌でからめとられて、さらには敏感な歯列の裏をくすぐられる。エレノアはあっという間に翻弄されるばかりになってしまった。

その間にも、彼の指は下着を押しのけ、エレノアのぬかるんだ秘裂をなぞりあげる。

「んぅっ」

(嘘、こんな、なんで濡れて……？)

かすかな水音が立ち、エレノアは当惑する。

これに下腹部に宿った熱が関係しているなど、彼女にはまだわからない。

アレクはエレノアから唇を離すと、深く熱い息を吐いた。

「何度も夢にみた、あなたの泉だ……どこもかしこも繊細で、しとやかで、でも、俺の指にからんでくる」

明らかに興奮した声で囁き、アレクは指でエレノアの蜜をすくい取った。

男の指が、形を確かめるようにエレノアの秘裂をなぞる。

すっかりぬかるんで柔らかくなったそこは、ぴくぴくと震えながらエレノアに未知の感覚を伝えてきた。

「ん……んぅぅ……」

またももどかしい感覚に体をよじっていると、アレクの指がエレノアの花芽を探り当てる。

アレクは探り当てた感覚の凝《しこ》りを、指でやわやわと押しこんだ。

途端に、エレノアの体をものすごい快感が駆け上る。

「っ！　ぁ！　やあぁっ……！」

羞恥心など秒で吹き飛ぶ感覚に、エレノアはかすれた悲鳴をあげる。

まるで、小さな雷に打たれたかのようだ。

生まれて初めての快感に、エレノアは衝撃を受けた。

はあはあと息を吐くエレノアを見下ろし、アレクは自分の唇を舌で湿す。

常にもの柔らかな紳士の仮面をつけている彼が、今は捕食者の暗い瞳で囁きかける。

「気持ちがいいね。初めてだけど、怖くはないだろう？」

「う……怖くは……ない、です……アレク、だから」

一生懸命返すエレノアを見て、アレクはくすりと笑った。

「昔は完璧なお姉さんだったのに、今は子供みたいだな。可愛いね、エレノア?」

「うう、それは……」

「大丈夫だよ。俺が、もっと可愛くしてあげる」

アレクは瞳を生々しい色に輝かせると、エレノアの足の間に体を沈める。

両足を抱えるようにして秘花を見つめられてしまい、エレノアは悲鳴寸前の声をあげた。

「ひゃ! そ、そんなところ……!」

「恥ずかしくないよ。花のようだし、すごく無垢な色だ。ここも可愛く膨らんできている」

アレクは囁いたかと思うと、さっきまでエレノアの歯列を舐《な》めていた舌を、彼女の花芽に押しつける。そのまま、柔らかな舌で、ぎゅうっと感覚の凝りを押しつぶされた。

「んくぅ、ぅう……ぅ!」

途端に腰全体をかっさらうような刺激がたたき付けられ、エレノアは足の先まで張り詰めた。

体がなくなってしまいそうな、桁違いの快楽だ。

とっさに腹に力をこめ、刺激の波を耐えきったかと思うと、アレクがまた容赦なく舌全体で花芽をぎゅ、ぎゅと圧迫してくる。

「やぁっ、うそ……また、無理っ……!」

自然に立った膝が震え、エレノアはのけぞる。

一度、二度、どうにか快楽をやり過ごしても、さらに次が来る。

未知の快楽を逃がすのが間に合わず、エレノアはかすかにふるえっぱなしになってしまう。

(気持ち、いい……気持ちいいのが、抜けない……っ！)

荒い息を吐きながら腰をもだえさせ、エレノアは翻弄されていた。

快楽を限界まで叩きこまれると、下腹部の熱さは爆発的に存在感を増し始めた。

意識せずにはいられないのに、空っぽのそこは酷くむなしい。

満たされない快楽が段々とつらくなってきて、エレノアは目に涙を浮かべて訴えた。

「アレク……アレクっ、離して、それ、やめてぇ……おね、がいっ」

「……そう。エレノアのお願いなら、聞かないとな……」

アレクはつぶやき、いったん舌を花芽から離す。

そうしていじめ抜かれてかちこちになった花芽を愛しそうに見つめると、ぱらりと落ちてきた前髪を指ですき、後ろへやりながら優しく微笑んだ。

「次は、別のやり方をしてあげる」

「え……？」

(どういう、意味？)

朦朧《もうろう》と荒い息を吐いていると、アレクは再びエレノアの花芽を口に含んだ。

「あっ！　やめ……！」

ぎょっとした途端、ちゅう、と、葡萄を吸い出すように花芽の芯を吸い出される。

「いっ……！」

エレノアの目の前いっぱいに、ばちばちっと白い火花が舞った。

甘い言葉を吐くあの唇で、敏感なところが何度も吸い出され、元に戻される。

そのたびに鋭い快感が体を貫き、腰が浮き、腹がこわばった。

「あっ！　あうっ！　あー……あっ……あぁっ……！　もぉ、だめ、やぁ、あー……」

さっきの快楽が、もっと尖《とが》って襲いかかってくる。

エレノアは息も詰まるような快感に翻弄されて、声も出なくなってしまった。

呼吸すらもままならず、限界状態で、快楽に集中するしかなくなる。

（気持ちいいの、つらい、抜けたい……っ）

必死に思う一方で、どこかふわふわと快楽に漂っている自分もいる。

そうして、どれほどの間翻弄されたのだろう。

ふやけるほど吸われた花芽がようやく解放されたころ、エレノアの頭の中は煮すぎたミルク粥《がゆ》みたいになっていた。

白い霧がかかっていて、もう、何も考えられない……。

「あ……れ、く」

かすれきった声で、それでも彼の名を呼ぶ。

アレクの声が、どこか遠くで響く。

「たくさん感じられて、えらかったね。ご褒美をあげる」

ご褒美って、なんだろう。

ふわふわのクリームが載った、愛らしいケーキだろうか。

ぼんやりとそんなことを考えているうちに、濡れそぼった秘裂に男の指が沈む。

「ひう？」

初めて割り入って来る異物の感触。

濡れすぎるほど濡れていたそこは、最初からそれを淡い快楽として受け入れる。

（アレクの、指……？）

節の目立つ彼の指を思い出すと、エレノアの秘唇は勝手にきゅうと縮こまり、アレクの指を抱きしめた。そうなると強く指の感触が伝わってきて、エレノアの腹は緊張する。

緊張をほぐすように、アレクの指はエレノアの中で細やかに動き出した。

「ふ、あ……？」

これから何をされるのか、よくわかっていないエレノアに、アレクがねだるように声をかけてくる。

「もう一度、キスしていい？」

（キス……キスは、すき）

蕩けた頭の中でそんなことを考えて、エレノアはうっすらと微笑んだ。

かすかなうなずきを見たアレクが口づけたのは、エレノアの唇ではなかった。

真っ赤に硬く色づいたエレノアの花芽を、再び口に含んだのだ。

「え……？　あぁっ……！　あ……！」

驚いているうちに、思考が吹っ飛びそうな感覚の波が、下半身から打ち寄せてくる。

アレクは激しく花芽を吸いながら、浅く入った指で中の壁をこすった。

おそらくは、花芽のちょうど下のところなのだろう。

エレノアの全身に走る震えが、ひときわ激しい一点を探し当てると、アレクの指はそこを執拗《しつよう》にくじり始める。

（な、中、中と、外、同じところ……っ！）

唇と指で、ちょうど同じところを挟み込むようにして刺激されてしまう。

するとそこはあっという間に快楽のるつぼと化し、沸騰しそうな快感が煮えたぎり、血に乗ってエレノアの全身を駆け巡った。

「っ……ぁ……ぁぁ……っ」

未知の感覚に翻弄されるエレノアは、ほとんど嵐にさらわれた小舟のようだ。

もはや身を任せるしかなく、右も左もわからない。

つらいくらいの快楽は、やっと遠くなったかと思うと、すぐにまた新しい波が来た。

「ひぃっ……、ぅう……」

「感じるのが、上手になってきた。えらいね、エレノア」

嵐の向こうから、心底慈愛に満ちたアレクの声が聞こえる。

（嬉しい……褒められてる。嬉しい、アレク……もっと、褒めてほしい）

ぐずぐずになった頭の中で、エレノアはそんなことを考えていた。

でも、実際口に出せるのは、断片的な言葉だけで。

「アレク……もっ……と……」

「おや、欲張りな子だ」

答えるアレクの声が、淡く陰る。

そうじゃない、と否定する前に、達したばかりの花芽を思い切り押しこまれ、エレノアはまた白い光の中に押し戻されてしまった。

「……ぁ……っ……！」

「覚えて。これが、『気持ちいい』だよ」

穏やかながらも、刻みこむような囁き。

これは、きもちいい。

真っ白になった頭にそれだけが刻みつけられ、震える唇がかすかに動く。

「……きもち、い……」

「よくできました」

蕩けるように優しい声が降り、額に口づけが与えられる。

(うれしい……しあわせ)

最後にそれだけを思って、エレノアはふわりと意識を手放した。

† † †

かち、かち、かち……と、機械式時計の音がする。

(もう、夜明け近くか)

アレクはエレノアの寝室の隅に置かれた振り子時計を眺め、かすかなため息を吐く。

ほどなく、魔法の時間が終わるのを察したのだ。

傍らを見れば、すやすやと寝息を立てているエレノアがいる。

先ほどまでの行為で汗みずくになった体は、アレクが手ずから丁寧に拭き清め、新しい寝間着を着せてやった。今ではすっかり清らかな姿を取り戻している。

アレクは寝台の端に座って、そんな彼女の顔をまじまじとのぞきこんだ。

(夢じゃないな？　さっき、確かに、俺はこの人を愛していたな？)

本当ならば、誰かに直接この問いを投げかけたい。

そうして呆れたような顔で『それはそうです、あなた方は夫婦なんだから』などと言われて、不安を一掃してほしい。

だが、実際にそんな都合のいい相手はいないし、自分とエレノアが何をしたのか、見ている人間もいなかったのだ。だからアレクは、自分の記憶を探るしかない。

(さっきまでエレノアは自分の下で、信じられないくらい素直に、俺に体を任せていた。まるで、春風に誘われて、自らほころぶ花みたいだった)

薄紅色に染まった頬や、抱きしめるとどこまでも沈み込んでしまいそうな、柔らかい体。

そしていじらしいほどに濡れてアレクの指を食い締めてきた、エレノアの秘所。

思い出せば出すほど体が熱くなる、夢のような時間だった。

だが、だからこそ、怖いのだ。

これが本当は、夢なんじゃないかと思えて、怖い。

(この十年間、呆れるほどに夢をみた……いや、その前もだ)

初めて出会ったその日から、エレノアはアレクにとっては星であり、月であり、太陽だった。そのすべてであり、それ以上だった。

生まれつき美しく生まれたアレクにとって、本来、女とは面倒事の代名詞だ。

アレクの母は、アレクを産み捨てた。

もとより美しいが奔放な人だったとのことで、

『三人も男を産んだのですから、あとは好きにさせてもらいます』

と言い放ち、あとはよほどの公務以外では家に寄りつかなかった。

どこかで美しい愛人と暮らしているのだと聞いたけれど、アレクはほとんど彼女と喋ったことがない。むしろ彼女がいると父の顔がこわばるので、いないほうが気が休まった。

乳母はしつけに厳しかったものの、愛をくれた女性だったと思う。

とはいえ彼女が公爵家にいたのは、アレクが六歳までだった。

『もう乳のいる歳ではあるまい。学べ』

厳しい父の一言で、アレクの幼年期は終わる。

そのころから、アレクの身長はするすると伸び、日増しに赤ん坊じみたところが消えていき、代わりに誰もがため息を吐くような美貌が顔を現した。

となると、出現するのは色目を使う女たちだ。

公爵家の金目当ての使用人や、俗物の令嬢が意味もなく周囲をうろつき、犯罪すれすれの行為にまで及ぶようになった。

彼女たちは、追い払っても追い払っても群がってくる。

最初は追い払うのを手伝ってくれた二人の兄も、やがてアレクのあまりの美しさに嫉妬交じりの呆れ顔を向けるようになった。

『相手にも非はあるけれど、お前にも隙があるんじゃないのか？』

『そうだ。優しくされたからって、ほいほいついていくのは自覚が足りない』

――僕が悪いんだ。

アレクはそう信じ、眠る前のひととき、掛布をかぶってぼろぼろと泣いた。

欲しい愛情は与えられず、過剰な欲望ばかりをぶつけられる日々だった。

せめて父には認められたかったが、父は父で苦しみの中にあった。

学問がこれだけできるようになった。

武芸がこれだけできるようになった。

血を吐くような努力の結果を持っていっても、父は痛飲の最中であることが多かった。

彼は輝くような美少年に育ったアレクを見ると、忌ま忌ましげに吐き捨てた。

『私の顔を見るたび、尻尾を振って走ってくるな。お前は三男。自分の道は自分で切り開かねばならんのだぞ。私に尻尾を振っても、何も得られぬと思え』

『それは存じております、父上。僕は、ただ……』

『口答えをするな！　アディンセル公爵家も永遠ではないぞ。甘い顔をしていて守れるものなどひとつもない。皇帝の玉座すら、盗まれるものなのだ』

奇妙なことを言って、強い酒をあおる父は、日に日に痩せていく。

アレクは孤独であった。

とてつもなく孤独で、己の若さと能力を持て余した。

だから、騎士の道を選んだのだ。騎士になれば騎士団の皆との絆《きずな》があり、やるべき鍛錬があり、こなすべき任務をこなせば評価される体制があった。

そしてそこには、女がいなかった。

すり寄ってくる女。いざとなれば自分から服を脱ぎ、のしかかってくる女。

そんな女がいない世界は、アレクにとっては楽園だった。

騎士団に入ったアレクは見違えるように生き生きとした。

そして、何の気なしに祈りに行った神殿の玄関で、出会ったのだ。

『お祈りですか。もう神殿は閉める時間ですが、私でよければ承《うけたまわ》ります』

粗末な土気色のドレスをまとい、あかぎれした手に箒《ほうき》を持った女が、そこにいた。

聖女エレノアだった。

——こいつ、俺を見ても、びくともしない。

最初はそのことに驚いた。

今まで出会った女は、アレクを見た途端に彼の美貌に揺らいだ。そして、過剰に好くか、過剰に嫌ってきたものだ。

だが、エレノアはただの聖女として、きっぱりとそこにたたずんでいた。

万人にするであろう親切さで一度閉まった神殿の扉を開き、

『貴重なものですから、少しだけしか灯せませんが』

と、大して高級でもない蠟燭《ろうそく》に火をつけて、アレクに向き合ってくれた。

その態度には媚《こ》びも蔑みもなく、面倒くささもなく、打算もない。

ただひたすらに、穏やかな思いやりと慈愛があった。

蠟燭だけで照らされた神殿内は暗かった。

その中で、エレノアは淡く光って見えた。

(今思えば、本当に光っていたんじゃないだろうか。そうとしか、思えない)

アレクは遠い日のエレノアを思い出しながら、改めて、自分の用意した寝台で眠る彼女を見下ろした。

眠っている間に彼女の体を保護するため、あらゆる手立てを尽くした。そのせいもあってか、彼女は昔よりもずいぶんとつややかに、健康そうに見える。

そのぶん、以前の鋭いまでの神聖な雰囲気は、和らいでいた。

(俺が、引きずり下ろしたんだ)

アレクは自分に言い聞かせる。

自分が命がけでエレノアを守ったのは確かだが、同時に彼女を聖なる存在から引きずり下ろした。そのことで、彼女がいかなる不利益を被《こうむ》るのも許せない。

罪を背負うのも罰を受けるのも、自分でなくてはならなかった。

アレクは眠るエレノアの髪をそっと整え、うっすら上気した耳たぶに口元を寄せる。

「いかなる罰を受けようとも……俺は、あなたのために、生きる」

アレクが囁きを落とすと、エレノアのまつげはかすかに震え、唇は微笑みを含んだように見えた。おそらくはそう見えただけで、エレノアは夢の中にいるのだろう。

だとしても構わなかった。

ただの思い込みでも、錯覚でも、エレノアの微笑みのためなら、アレクは生きられる。

どれだけ血まみれになってもいい。

とっくに手は汚れているのだ。

アレクはエレノアが目を開けているときにはけして見せない、底抜けに暗い瞳で彼女の笑みを見つめていた。

3．桟敷席の秘め事

「ねえ、メイ」

「なんでしょう、エレノア様」

「恋バナがしたい」

エレノアがしみじみと問うと、メイは派手に咳《せき》こんだ。

「げほげほっ……、こ、恋バナ、ですか？」

「そう。私、なんでここまで、恋バナのひとつもしないで来ちゃったのかな。二十歳だよ。いや、正確には三十歳なのかもしれないけど、とにかく、どうしてここまで、恋のことも男の人のことも、何も知らないで生きて来ちゃったかな……！」

エレノアはぶつぶつとつぶやきながら、ものすごい勢いで縫い物をしている。

あの夜。

エレノアがアレクの傷を癒やし、アレクがエレノアに触れた夜。

衝撃的で甘やかな時間はあっという間に過ぎ、目覚めた時には朝の光がさんさんと寝台に降り注いでいた。

跳ね起きたエレノアは、もちろんアレクを探した。

けれど、残っていたのは、淡い快楽の余韻と、敷布から消えつつあるアレクの体温だけで。

以降二週間も、彼は塔に顔を出していないのだった。

(これってどういう意味? 意味なんかないの? アレクは忙しいだけ? それとも、あの夜の私に何かめちゃくちゃな粗相《そそう》があったとか? それとも皇帝陛下ともなると、皇后の他にも愛妾《あいしょう》が何人もいるっていう話?)

ぐるぐる考えてみるものの、基礎知識がなさすぎてろくな結論が出ない。

仕方なく、エレノアは塔の部屋に閉じこもったまま、神殿で恵まれない子供たちに配ってもらう服を、ひたすらに縫っているのだ。

メイは円卓でエレノアの隣に座り、自分の縫い物を進めながら答える。

「そうですねえ……私から見ても、エレノア様ってそういう話に興味なさそうでしたもんね」

「なかったわけじゃないんだけど、とにかく忙しくて……」

「ですね。他人の仕事を、押しつけられまくっておられましたし」

「押しつけられてはいないよ。確かに、具合が悪かったり、慣れてなかったり、小さすぎたりして困ってる人のぶんは請け負ったけど」

エレノアが何の気なしに言うと、メイは視線をさまよわせる。

「いやあ、居ましたよ？　仮病でエレノア様に仕事押しつけた聖女も」

「えっ。そうなの？」

「今気付かれました？」

「うん。そうか……やけに忙しすぎると思ったら、そういうことだったんだね」

「そう聞いても怒らないんですね、エレノア様」

メイに微笑んで言われ、エレノアもかすかに微笑んだ。

「そうだね。私は、人の役に立つのが好きだし、仕事は嫌じゃなかったから」

「なるほど。だからこうして、美しい部屋を作業部屋みたいにされてしまうんですねえ」

どこか感心したように言い、メイが塔の部屋を見渡す。

眠っていた間は現実感のない美しい空間だったそこは、今はものだらけだ。

『まだ身体が心配だから、塔の中にいてほしい。その代わり、欲しいものはなんでも言って』というアレクの伝言に甘えて、エレノアが頼んだものは。

まがりなりにも皇后なので、カルドゥス帝国とその周辺について書かれた本。

手が寂しいときに、寄付用の諸々《もろもろ》を縫うための手芸道具。

殺風景な中庭に、花と薬草を植えるための、苗と、よい土と、園芸道具一式。

お茶を沸かすための簡易竈《がま》と、茶葉諸々。

「これだけあれば暇はしないけど、やっぱりアレクのことが気になってしまって。これって、変なのかな？」

きちんとそろった縫い目を見下ろしながら聞くと、メイは少し身を乗り出した。

「まったく変なんかじゃありませんよ。メイはお二人を応援しております！」

「うう、こんなに色々面倒かけてるのに、ありがとう……」

エレノアはうなだれたが、メイはきょとんとしている。

「面倒って。エレノア様はなんだって自分でやれるし、私は休暇をもらってるようなものですよ。最近は自分が給料泥棒のような気もしてきましたし、エレノア様はメイにもっと迷惑かけていただいていいんですよ？」

「……じゃあ、メイ、ひとつ、聞いていい？」

エレノアは覚悟を決めて手を止めると、真剣にメイに向き直った。

メイもつられて手を止め、エレノアと向き合う。

「はい。なんでもどうぞ」

「男性って、どうやったら逐情するの？」

「…………」

メイは無言のままエレノアを見つめ、次に天井を見上げた。

「………なるほど？」

「変な質問なのはわかってる……！　愛の営みって、男性が逐情して終わるのがよい、というのはうっすら聞いたことがあるんだけど、どうすればいいのかわからないの。まさか、アレク自身にそういう本を頼むわけにもいかないし、他に聞ける相手もいなくてっ……」

エレノアはほとんど頭を抱えそうな勢いだった。

アレクのことを思うたび、あの夜を思い出す。

そして、甘やかな感覚と同時に淡い不安に襲われるのだ。

「アレクと過ごした夜、私のふるまいはあれでよかったのかなあとか、途中で寝てしまって申し訳ないとか、色々考えてしまって……とにかく、次こそは無事に情を遂げていただきたい、そう思っているわけ」

エレノアは切々と訴える。

メイは最後まで聞いたのち、ため息交じりに頷いた。

「……わかりました」

「メイ、教えてくれるの……？」

「いえ、それは無理ですね。申し訳ないですけど、あたしもついこの間まで聖女だったんで……男女のことには疎いですから」

申し訳なさそうに言われてしまい、エレノアはしおしおと肩を落とした。

「そうだよね。それはそう」

「ただ、ひとつ言えることがあります」

言えることってなんだろう、とエレノアが視線を上げると、メイはにこっと明るく笑う。

「アレク様は、そんなことに左右されて、エレノア様を嫌いになったりしませんよ」

「メイ……！」

エレノアは軽く目を瞠った。

メイはエレノアと視線を合わせ、確信を持った口調で続ける。

「エレノア様がお心を悩ませてしまうのはわかります。何もかもが急すぎますもの。でもね、横から見ている者としては、アレク様の愛は揺るぎないものだと思います。たかが……と言ったら失礼ですけど、たかが一度のことで、愛が冷めたりはしませんよ」

「そう……かな。そうだといいな」

ここまではっきり言ってもらえると思っていなかったエレノアは、そわそわと目の前の縫い物を見つめた。

メイはアレクと二人きりのお茶会も、横で見てくれていた人だ。

そのメイが言ってくれるのだから、自分が悩みすぎなのかもしれない。

（悩みすぎというか、そもそも、寂しいのかもな）

不意にそんな考えが降ってきて、すとん、と心の真ん中に落ちる。

多分、当たりだ。

自分はまた、アレクに会いたい。

会いたいけれど、医師に塔から出るのは禁じられている。

メイにもう一度忍んでいってもらうのも、気が引ける。

だから段々と気持ちが寂しくなって、アレクのことばかり考えて、数少ないアレクとの思い出を噛みしめて、どうでもいいことを気にし始めるのかも。

「……本当は、わかってるんだ。アレクはただただ忙しいんだろうなって」

エレノアがぽつりと言うと、メイもうなずく。

「そうですねえ。皇帝陛下は世襲で皇位に就かれたわけじゃありません。苦労も危険も、人一倍だと思いますよ」

「苦労も危険も、人一倍」

エレノアは口の中で繰り返し、神殿長バリーの話したことを思い出す。

貴族連合を率いて、皇宮にはびこる悪を退治したというアレクシス。

言葉にすると簡単だが、現実はそこまで単純ではなかったはずだ。

貴族連合も一枚岩ではなかっただろうし、それを当時たった十八歳だったアレクシスが率いたのにも、事情があるだろう。

エレノアが世間知らずだといっても、それくらいは想像がつく。

考え始めるとそわそわしてしまい、エレノアは窓のほうを見やった。

エレノアの寝室は塔のてっぺんにあり、窓の外には紫色に暮れる空が広がっているのがよく見える。今日は昼間は中庭の園芸にいそしみ、メイとふたりきりで夕食を取ってからは縫い物に没頭していた。いつも通りの平和な一日だ。

(ここからは平和な空しか見えない。アレクはきっと、別のものを見ている)

——何かしたい、と思った。

できれば、アレクのために何か、したい。

「メイ。そろそろ縫い物は終わりにしましょうか」

エレノアが腰を浮かせながら言うと、メイも手元の縫い物の糸を切った。

「わかりました。今日は庭仕事もされて、お疲れでしょう。少し早いですが、もうお休みになりますか?」

「私は、薬草茶を淹《い》れる練習を少ししてから寝ようかな。ひとりでできるから、メイは部屋で休んでね」

エレノアは言い、縫ったものをてきぱきと片付ける。

メイはそんなエレノアの表情をうかがい、少し心配そうに言う。

「遠慮なさってません? お体のこともありますし、無理なさらないでくださいね。あたしはもう少しご一緒するくらい、なんでもありませんよ?」

（やさしいメイ。私が不安なのがわかって、一緒にいてくれようとしてるんだな）

ほんのり心が温まるのを感じ、エレノアは微笑んだ。

「ありがとう、メイ。身体の調子はとってもいいし、今夜は少し、ひとりで考えごとをしたいだけなの」

メイはじいっとエレノアの顔を見つめたのち、納得したように微笑み返す。

「そういうことでしたら、はい。メイはおとなしく失礼します」

「また明日もよろしくね。寄付する縫い物が溜まったら、一緒に神殿にお届けできるよう、陛下にお願いしてみるから」

「もちろんですとも。懐かしの古巣を二人で訪問、楽しみですねえ」

メイは朗らかに言って、がっしりした両腕に縫い物道具を抱える。

部屋から出て行く間際、メイはエレノアをじっと見つめて言った。

「エレノア様。……あんまり、思い詰めませんように」

「うん。大丈夫。ありがとうね」

改めてお礼を言って、エレノアはメイを見送った。

メイもすっかり大人になってしまったな、とエレノアは思う。

昔は自分のことで手一杯だった無口な少女が、今はあんなに穏やかな笑顔でエレノアの心を守ろうとしてくれている。

「よし。私も、できることから頑張ろう」

エレノアは小さな声で自分を元気づけると、塔の一階に下りていく。

十年寝ていたことは、今さら焦っても取り返しがつかない。

今からでもひとつひとつ頑張って、自分にできることをやっていくしかないのだ。

（アレクに会いたくても、自分から会いに行けないなら、待つしかない。ただ待ってるだけが嫌なら、次にアレクに会えたときに、何をしてあげられるか考えよう）

今のエレノアができること。

しかも、アレクのためにできることといえば。

（お茶作り、かな）

メイが言うように、アレクが恐ろしく多忙で落ち着かない生活をしているのなら、少しでも癒やしてあげたい。

身体の傷は聖女の祈りでどうにかなるが、心を癒やすなら薬草茶のほうがいいだろう。

神殿では、祈りの補助として中庭に薬草園を作っていた。

あの頃のことを思い出しながら、エレノアは一階の壁際に並べた薬草棚に対峙《たいじ》する。

「古傷が癒えたんだから、必要なのは、しゃっきり前向きになれるお茶とか、ほっとできるお茶とか……あとは、安眠茶かな」

エレノアは思案し、ずらりと並んだ引き出しをいくつか取り出す。

部屋の中央の長机に引き出し、薬鉢などを並べ、香りと薬効を確かめながら混ぜていった。

（前のお茶会のときは、お茶の味もあんまりわからなかったもんね）

元から公爵家のおぼっちゃんとして育ったアレクだ。

美味しいお茶なんか飲み慣れているだろう。

だからせめて、自分は今のアレクにとっていいお茶を淹れられたらいいな、と思う。

「日によって美味しいお茶の味って変わるけど……練習だから、今日美味しいお茶を淹れてみよう。天気は晴れで、湿気はなくて。夏から秋に進んでいく季節向け」

ひとりでぶつぶつ言いながら、エレノアは薬草茶を薬缶《やかん》で煮出す。

小さな器に入れて味見すると、ツンとするような野草の香りと、ほっとするような素朴な花の香りが絡まり合って鼻に抜けてきた。

「うん。渋みもあんまり出てないし、誰でも美味しく飲める範囲な気がする」

エレノアはひとりごち、満足して薬缶を寝室に引っ張り上げる。

自分で編んだレースの鍋敷きの上に薬缶を置き、窓の外を見た。

いつの間にやら、時刻は真夜中近かった。

とっぷりと暮れた空に、まん丸な月がかかっている。

きれいだな、と思い、エレノアはベランダに出る窓を押し開けた。

ふうわりと夜風が髪を揺らし、エレノアは目を細める。

(十年前、アレクが窓から入ってきたのも、こんな夜だった気がする)

小さなベランダの端まで行き、手すりに手をかけて月を見た。

空にかかったランプみたいに大きくて明るい月が、ベランダにエレノアの影を落とす。

月は、十年前と何も変わらない。

エレノアは少しほっとする。

そのとき、がさっと中庭の木が揺れる音がした。

「なに……？」

びくりとして音のほうを見ると、ベランダまで届く大きな木が枝をしならせている。

黄色っぽくなった葉っぱがかき分けられ、中からなんと、人の顔が出現した。

「エレノア」

「？　あ、アレク？　え？　夢？」

エレノアは目を白黒させて叫ぶが、アレクはほっとしたように微笑む。

「ああ……本当にエレノアだ。俺のほうこそ、幻覚が見えたかと思ったよ」

うきうきとした声で言いながら、アレクは木からベランダに跳び移った。

エレノアは慌てて手を差し伸べ、アレクの体から木の葉を払う。

「なんで木から？　月に外遊にでも行って、落っこちたんですか？」

「素敵な発想だけど、俺は地べたで仕事に忙殺されていた。やっと一息吐いたから、あなたの影でも見えないかと中庭まで来たんだ。そうしたら、ベランダにあなたの姿があったから、気付いたら木を上っていた」

アレクはひどく嬉しそうに言って立ち上がると、エレノアの頰を両手で包む。

「ああ、本物のエレノアだ。……嬉しいな」

彼の声が夢みるように柔らかく、その手がまるで宝物を扱うように触れてくれるので、エレノアの体はすぐに温まった。

今まで感じていた淡い寂しさが嘘のようだ。

エレノアはうっとりと彼を見上げながら言う。

「扉から部屋を訪ねてくればいいのに。アレクは皇帝陛下なんでしょ？」

「あなたの前ではただの男だし、親切な夫でいたい。もう夜更けだよ。あなたがもう眠っていたら、扉を叩いて起こすのは可哀想《かわいそう》だろう？」

「本気で言っています？　あなたはこんなに目に隈《くま》を作っているのに」

エレノアは言い、指先でアレクの目の下をなぞった。

年齢を重ねて彫りの深さが強調された彼の目の下には、明らかに疲れの影が落ちている。

（本当に、すごく、公務が大変そう）

疑っていたわけではないけれど、この目で見ると実感が深まった。

エレノアはアレクの手を取り、室内へと軽く引っ張る。

「とにかく中へ入ってください。ちょうどあなたに、お茶を淹れていたところですから」

「俺にお茶を？　俺には記憶がないけれど、俺は今夜ここへ来ると伝言でも送ったのかな」

「いいえ。でも、いつか来てくれるときのために、準備しようと思って」

エレノアは笑い、小さく首を横に振りながら言った。

それを見たアレクは、困ったように眉尻を下げる。

「待たせてしまった？」

まるで迷子の子犬みたいな彼に、エレノアの心は苦しいくらいに締め付けられた。

十年前も、彼のこんな顔には弱かった。

本当はあのころから、彼のためにはなんだってしたかったのだ。

エレノアはベランダに立ってアレクの両手を握り、彼を見上げる。

「大丈夫、十年は待っていません」

冗談半分に言ってにっこり笑うと、アレクは切なげに目を細めた。

「エレノア」

懇願するように囁き、彼はそっとエレノアに口づけを落とす。

唇に落ちた甘い感覚が一週間前の夜を呼び覚まし、エレノアはびくりと震えた。

「んっ……」

こらえきれない甘い囁きは、アレクの中にも小さな火をともしたのだろう。

彼はエレノアの手を握ったまま、瞳に熱を宿して囁く。

「本当はこのまま押し倒して、朝まで寝台にいたい。しかも三日目の朝までだ」

アレクの声は、と、と、と、と、エレノアの鼓動を走らせ始める。

一緒に居たい。

彼が望むだけ、自分も一緒に居たい。

せっかく会えた彼を、簡単に手放したくない。

彼に見つめられ、彼だけを見つめて、彼だけのことを考えていたい。

三日も彼の熱の中にいたら、自分はどうなってしまうのだろう?

想像はつかないが、きっと、不幸ではない。

どんなことになっても、私はしあわせ。

それだけはわかる。

(でも、そんなこと、本当にできるのかな。今日もこんな時間まで公務に縛られていて、ろくに眠っていないそうなのに)

疑問に思ったエレノアは、おそるおそる聞いてみる。

「陛下は、どこまで本気でおっしゃっているんです?」

「俺はあなたに関しては、いつも本気だよ。あなたはどう？」

アレクは微笑んでまつげを伏せた。

握ったエレノアの手を一度ほどき、指と指を組み合わせるようにして握り直す。

手のひらと手のひらが触れると、それだけで少し親密になった気がして、エレノアは我知らず微笑んだ。

「私？　私は……陛下のお望みの通りに、したいです」

「本当に？　本当に、望めば一緒にいてくれるのかい？」

アレクの声がふっと真剣味を増した気がして、エレノアはまじまじと彼を見上げる。

「はい。ただ……」

「ただ、何？　せっかく妄想ではないあなたに会えたんだ、全部言って」

切実な彼の言いように、エレノアも意を決して答えた。

「お体のために、今夜は寝たほうがいいです、陛下」

「……それはつまり、健全なほうの睡眠の話だね」

「ふふっ。そうですね」

大真面目に確認され、エレノアは少し面白くなってしまう。

せっかく得たアレクの熱を失うのは悲しいけれど、アレクが倒れたらもっと悲しい。

エレノアはアレクの腕からそっと逃れて、開け放ったままの掃きだし窓から寝室へと入っていった。

円卓に歩み寄り、ちょうどよくぬるくなった茶をアレクのために注ぐ。

「本当に偶然なんですけど、季節の安眠茶を淹れていたんです。まずはこれでも飲んで、寝て、体調を整えたほうがいいですよ。私は、それが一番嬉しいです」

「なるほど？　せっかくあなたより年上になったと思ったのに、またたしなめられてしまった」

アレクは小さくため息を吐きつつも、抵抗せずについてきてテーブルに着いた。

今夜の彼は、作法を無視して男臭く茶器を摑む。そうしてぬるい茶を喉に流し込む所作は、いつもより大分男っぽく見えた。

（十年……すごく長い時間みたいな気もするけど、アレク、まだまだ若いな）

エレノアはアレクの向かいに座り、そんなことを考える。

二十八歳は働き盛り、男盛りだ。

だからといって、皇帝なんていう重責を両肩に載せられるのにふさわしい年齢とも思えない。自分ひとりの命、家族の命を背負うのだけでも大抵の人間にとっては重荷なのに、この人は帝国中の命を背負うのだ。

そう思うと、彼のいつもぴかぴかに整えられている軍服の肩章がひどく重く見える。

「陛下のお仕事、少しでも手伝えたらいいんですけど」

自然と、エレノアの口からつぶやきが漏れた。

眠っている間に結婚した、皇后だとは言われているけれど、今のところエレノアは公務には無関係だ。長らく聖女だった自分に大した公務ができるとは思えないが、それでも、少しでもアレクの負担を減らしたい気持ちはある。

アレクはエレノアの言葉を聞くと、カップを置いて表情を改めた。

「エレノア。今はまだ、あなたの体調は万全ではない。公務に関わるのも、社交の場に出るのも、早すぎると俺は思っている」

「体調……私としては、どこも不自由はないんですけど。お医者様はなんて？　そもそも私、一体どういう病気で十年も寝ていたんでしょう？」

さすがにそろそろ聞いてもいいんじゃないか、と思い、エレノアは問いを投げた。

が、アレクはすうっと仮面のような無表情になってしまい、小さく首を横に振る。

「詳しいことは、まだ医者も結論を出せていないんだ。特殊な事例だったから、どんな後遺症が出るかもわからない。俺を少しでも哀れと思うなら、もう少し大事を取らせてくれ」

「もちろんです。そんな、無理に外に出たいとは思っていなくて……」

あまりに真剣なアレクの様子に、エレノアはしどろもどろになってしまった。

（私は、ただ、あなたのお手伝いがしたいだけで）

セリフの続きを飲みこんだエレノアを見て、アレクは不意に穏やかに笑った。

軍服の胸ポケットを大事にそうに探り、金箔《きんぱく》の飾り枠のついた紙片を二枚取り出すと、円卓に載せる。

「だが、そろそろ外の世界に慣れたほうがいいのは確かだ。幸いここに、ダージェス夫婦が取った芝居の券がある。最高級の桟敷席だ」

「お芝居の券」

一瞬何を言われたのかわからなくて、エレノアは芝居の券を凝視した。

ダージェス夫婦というのは、神殿に行ったとき使った自分たちの偽名だ。

と、いうことは？

(これってひょっとして、お忍びでお芝居に誘われてる？)

思い至ると、エレノアは気持ちが急に浮き立つのを感じた。

聖女時代にはあらゆる娯楽が遠いものだったが、芝居が楽しいものだというのは、十年前のアレクからも聞いたことがある。

わくわくを胸に抱えて、エレノアは少し身を乗り出す。

「ひょっとして私たち、二人でお芝居を見に行ける、ってことなんでしょうか？」

「そうだ。一緒に行ってくれる？」

柔らかく微笑んで小首をかしげられれば、エレノアに断る理由なんか少しもない。

何度も頷き、自然と頬を紅潮させて答えた。

「お芝居、私、聖堂でやる神話の寸劇以外見たことがないんです。是非お供させてください」

「よかった。そうだ、それに――」

「それに？」

不自然に言葉を切るアレクに、エレノアが首をかしげる。

アレクはエレノアと視線を合わせたまま、声を潜めて囁く。

「桟敷には鍵がかかるし、充分に寝床として使える大きさの寝椅子がある」

（舞台の席に、寝椅子）

そんな席があるのか、と思うのと同時に、エレノアはほっとして両手を合わせる。

「だったら、陛下が仮眠するのにぴったりじゃないですか？　まだまだお疲れでしょうから、眠くなったらいつでも寝てくださいね。陛下が目覚めるまで、私、何かおかしなことがないか見張っておきますから！」

エレノアは心から言ったが、アレクは曖昧に黙りこんだ。

†　†　†

（わあ……すごい、何もかもが、まばゆい）

馬車から降りたエレノアは、目をまん丸にして、堂々たる劇場の建物を見上げていた。

本当は声に出して歓声をあげたかったのだが、今はお忍びだ。

しかも周囲では、アレクのことをよく知っているであろう、上流階級の面々が笑いさざめいているのだ。少しでも目立つ行動をしたら、あれは誰？　と突っこまれてしまいそう。

「緊張している？」

横に立つアレクから声をかけられ、エレノアは彼を見上げる。

いつもうっとりと見とれてしまうアレクの顔には、今日は目元を隠す仮面があった。

金のレースで縁取られた優美な白い仮面は、エレノアの顔にもある。

（こうして仮面をつけていれば素性はバレないだろうし、何よりアレクと一緒だもの。初めての場所でも、きっとどうにかなる）

いずれ社交界に出る日が来たら、こういった場所に来るのも日常茶飯事になるはずだ。

アレクの腕にかけた自分の指にほんの少しの力をこめて、エレノアは自分を奮い立たせた。

「大丈夫です。劇場なんか毎日来てる、みたいな顔をします。頑張ります！」

「なるほど？　では、俺もそんな顔をしてみよう」

アレクは小さく笑い、エレノアをエスコートして歩き出した。

周囲の馬車からも次々と着飾った貴族たちが石畳の車寄せに降り立ち、白亜の劇場に呑みこまれていく。劇場入り口には金色のプレートが打ち付けてあり、『戦勝記念劇場』という文字が刻まれていた。

「ようこそいらっしゃいませ、戦勝記念劇場へ。鑑賞券を拝見いたします」

白いかつらをかぶり、きらびやかな制服を着た劇場の係員たちがにこやかに出迎えてくる。

鑑賞券を渡して中に入れば、そこは真っ赤な絨毯を敷き詰めたロビーだ。

ドレス姿の貴婦人たち、色とりどりの上着を着た貴公子たちが歩き回り、彼らのつけた宝石を、高い天井から吊《つ》り下《さ》げられたクリスタルのシャンデリアがきらめかせる。

（すごいきれい……。こんなところに毎日来てるふりって、どうすればいいんだろ）

エレノアは最初の気合いを忘れてぽかんとしてしまった。

周囲の人々は、アレクとエレノアにちらちらと視線を向けている。

が、その理由は二人が不慣れなせいではなかった。

アレクの真っ青な宮廷風スーツが惚《ほ》れ惚《ぼ》れするほどぴったりとしていて、彼の男性美と洒落《しゃれ》者具合を見せつけていたし、エレノアの淡く金に光る地に薄紅と青緑で草花の文様を織り込んだドレスは、豪華でありつつもエレノアの若々しい爽やかさを際立たせていたからだ。

仮面をつけていてさえ、二人は見るからに品のいい貴族そのものだった。

しばらくして、エレノアも皆の視線に気付く。

「……あの」

こそり、とアレクの耳元に囁くと、アレクが軽く体を傾けて聞いてくれた。

「なんだい？」

「周りの方の視線を感じます。私、ドレスの着方、合っていますか……？」

エレノアがじんわり焦りながら聞くと、アレクは笑みを深めて答える。

「桟敷に入ったら、確認しようか。カーテンを閉めてしまえば、誰にも見られないから」

「そういえばそうでした！　よかった……早く行きましょう、桟敷席」

「こっちだ。おいで」

アレクは笑いをこらえるように言って階段を上り、湾曲した廊下にずらりと扉が並ぶ場所にやってきた。

二人の桟敷席に続く扉の前には、劇場係員のお仕着せを着た男が立っている。

彼は二人を見ると深々とお辞儀をし、扉を開いてくれた。

扉の先に広がっていた光景は――。

「…………！　すごい…………！」

夢のような景色に、エレノアは羞恥も心配も忘れて桟敷席に入っていく。

桟敷席は小さいながらも個室になっていて、四人くらいは座れそうな豪華な長椅子がひとつ、堂々と鎮座している。

長椅子の向こうには花や妖精を刻みこんだ凝った手すりがあり、その向こうが劇場だ。

円蓋型の天井に青空が描かれているのと、無数の足下ランプで照らされた半月型の舞台と、神話の一場面を織り込んだ巨大な幕が、一気に目に飛びこんでくる。

手すりにすがって辺りを見渡すと、人、人、人。

ここは三階席になるのだろうか。一階に並べられた椅子に座る人々も、壁に張りついた桟敷席に座る人々も、みんな楽しげに笑いさざめいている。

「この世には、こんな場所があるんですね……ひゃっ！」

エレノアが妙な声をあげてしまったのは、アレクに後ろから腰を抱かれたからだ。

「な、なんですか、旦那様」

おずおずと肩越しに振り返ると、アレクはエレノアをさも当然のように抱き寄せた。

「あなたが今にも下に落ちそうで心配だ。万が一そんなことになったら、俺は一日も生きていられない。手すりの近くにいる間は、こうさせてくれないかな」

「構いませんけど、旦那様が疲れません？」

「むしろ疲れは取れていくね。いずれ、あなたを抱いているだけで病も癒えると思う」

アレクがあまりにも当然のように言うので、エレノアは思わず噴き出してしまった。

くすくすと笑いながら舞台へ視線を戻し、頭をことんとアレクの胸に預ける。

「そういうことでしたら、存分に抱いてもらって大丈夫です」

「……嬉しいな。ありがとう、奥方」

アレクは目を細め、エレノアの頭をそっと撫でながら囁く。

(気持ちいいな。アレクに触られるのは、気持ちいい)

撫でられているとそれだけで心が気持ちよくなる。

アレクもこんな気持ちだから、『抱いているだけで病も癒える』なんて言いたくなるのかもしれない。だとしたら、それはとても嬉しい。

「私こそ……こんな機会、滅多《めった》になくて嬉しいです。聖女のころは娯楽ってほとんどなくて。余暇があったら図書室の本を読むんですけど、小説のようなものは少しもないんです。歴史の本に書かれた、ちょっとした恋愛模様なんかにどきどきしたりして……」

エレノアが懐かしく過去を語ると、アレクは少しいたずらっぽく問うてきた。

「そのころのあなたは恋愛に興味があったのかい？　意外だ」

「意外です？　いや、まあ、結婚できるとは思ってもいなかったし、あんまり恋バナをする暇もなかったですけど、まったく興味がなかったわけじゃないですよ」

「そう？　なら、十年前の俺には見向きもしなかったのはどうして？」

「っ……そ、それは……っ！」

いきなり予想外の話をされ、エレノアは慌ててアレクのほうに向き直る。

「あなたは家柄が良すぎたし、顔だってきれいすぎるし、あんまりにも遠い世界の人で！」

うんうん、と丁寧に聞きながら、アレクは笑みを深めた。

「顔と家柄か。だったらそれは、今も同じだね」

「え？　あ、本当ですね」

エレノアはびっくりして自分を省みた。

確かに、今のアレクは家柄どころか国内最高の地位まで上り詰めてしまったし、顔は色気を増してますます美しい。年下だったのが年上になったのだけが、当時との差だ。

（だけど今は、十年前とはまったく違って見える）

なんでだろう、と考えこんでいる間、アレクは静かに待ってくれている。

エレノアは劇場のざわめきを背景に考えこみ、ゆっくりと切り出す。

「多分……十年前は、聖女として、余計なことを考えないようにしていて。目覚めたあとも、しばらく状況がのみ込めなくて、それどころじゃなくて。だけど……あの指輪を、あなたがずっと大事に持ってくれていたとわかった瞬間、胸が、体全体が熱くなって、あなたの姿が輝いて見えて……」

アレクの胸にあった指輪のことを思い出すと、今でもエレノアの体は温まる。

心臓が存在を主張し始め、心の緊張が徐々にほどけ、同時に体は官能を思い出す。

エレノアは頬をわずかに赤く染めて微笑み、アレクを見た。

「その輝きは、すごく温かいものに思えました。あのとき、あなたが、遠い世界の人じゃなくなった気がします」

ぼろぼろだった自分の指輪を、十年間も本気で大事にしてくれたこの人のことを、エレノアは信じる。

この人が自分のことを大事だと言うのも、本当のことなのだろう。

今はこの人の言葉を信じられるし、この人が同じ世界の人だと思える。

「今は同じ世界にいるから、あなたがとっても温かく思えるし、こうして触れていただくのも嬉しいです。少し……恥ずかしいですけど」

言い終えたあと、エレノアはほっと息を吐いた。

きちんと自分の心を伝えられた、そんな気がする。

アレクは腕をほどいてエレノアと正対し、両手でエレノアの白い頬を包みこむ。

そんな所作のひとつひとつがびっくりするほど優しくて、まるで羽毛か何かが頬に触れているかのようだ。

こそばゆい感触に目を細めながら、エレノアはアレクから視線を外せない。

アレクは蕩けそうに笑っている。

まるで、黄金色の蜜のような笑みを浮かべて、彼は言う。

「同じ世界で、あなたに会えてよかった」

「アレク……」

陶然としながらエレノアが囁くと、その唇にアレクの唇が触れた。

触れるだけの、軽い口づけを何度も、何度も繰り返しながら、アレクは囁く。

「あなたが、あなただけが、俺の時間に意味をくれる。俺の十年に。俺の所業のすべてに」

(十年。あなたの、所業)

柔らかな唇の感触に酔いながら、エレノアの脳裏にはあの壁画がよぎる。

血まみれだったアレク。

獣の目をしていたアレク。

戦争で、帝位とエレノアを奪い取った、アレク……。

「愛している、エレノア」

もやもやと蘇った壁画の幻を、アレクの愛の告白がねじ伏せる。

はっきりと愛を語られてしまうと、エレノアの体の熱は一気に膨れ上がってしまう。

(あふれる)

苦しいほどの熱にため息を吐くと、その唇をアレクが容赦なく塞いでいく。

「…………！」

熱い口づけとほとんど同時に、劇場付きの楽団が管楽器を吹き鳴らした。

心躍るような旋律と共に、豪奢《ごうしゃ》な舞台の幕が上がる。舞台袖からどっと駆け出す踊り子たちが、舞台の上を縦横無尽に踊り回るのが、ちらりと見えた。

音楽の渦。舞踏の渦。

いくつもの渦に巻きこまれてくらくらしながら、エレノアは口内に差しこまれたアレクの舌を受け入れた。

それだけではない、自らも必死に舌を突き出し、アレクを求めようとする。

（あなたに、触れたい。もっと深く、もっと強く、触れたい）

二人は桟敷席の中で舌を絡ませあい、互いに懸命にむさぼった。

アレクの舌に歯列を丁寧になめられ、上顎のざらつく場所をなぶられると、それだけで背筋を寒気じみた快感が走って行く。

エレノアもアレクの同じところを舐めようと頑張るが、すぐにアレクに舌を絡め返され、また口内に舌を突き込まれてしまう。

ちゅ、くちゅ、と水音が立ち、それを聞いているとドレスの奥の体がうずいた。

柔らかな下着の中の胸と、下腹部に熱い熱がこもっている。

（こんな場所で、こんなこと……誰かに、見られたりしない？）

溶け消えそうになっている理性がひょこりと顔を出すものの、実際には他の桟敷からエレノアの姿は見えなかった。アレクが盾になってかばうようにしていたからだ。

二人はその後もひとしきり互いを求めたが、やがてアレクのほうから顔を離す。

「アレク……？」

半ば放心しながら名を呼ぶエレノアを、アレクが優しく長椅子に座らせた。

「一幕目の舞踏がそろそろ終わる。芝居を見よう。あなたの初めての機会を奪いたくない」

「そう、ですね。ありがとうございます、旦那様」

もっと、もっととアレクを求める気持ちは衰えていなかったが、確かに芝居を見たい気持ちもある。エレノアはくたりと長椅子に腰を落ち着けた。

しばらく舞台に視線を向けていると、エレノアはすぐに芝居の中身に引き込まれていく。

（すごい、お芝居って、面白い！）

本日の演目は、ローズという悪女を巡る人間模様を描く歌劇だった。

最初はエレノアも、主人公であるローズのふるまいの自由さ、放埒《ほうらつ》ぶりに驚き、羞恥で真っ赤になり、そわそわと両手を握り合わせていたのだが、やがて真剣そのものの表情になっていった。

「旦那様、今の場面、夫を見るローズの目を見ました？」

隣に座ったアレクにこそこそと聞くと、アレクも囁き返す。

「ものすごい嫉妬の目だったね。自分は山ほど浮気をしているのに、夫に浮気されるのは堪《こた》えると見える」

「そうですね……でも、あの目、嫉妬だけではなかったように思います。自分に従順で振り回されるだけだった夫がついに浮気して、そのことをきっかけに素晴らしい絵を完成させた、そのことに、猛烈な喜びを感じているようでした」

エレノアの分析はなかなかに鋭い。

アレクは驚きに目を瞠り、嬉しそうに微笑んで答えた。

「ローズはおそらく、悪女に見えて純粋な女なんじゃないかな。元から夫の絵の才能を愛していて、愛するがゆえに彼を怒らせ、自分への怒りで素晴らしい絵を描くように誘導した」

「複雑ですね。夫のために悪女を演じるなんて……ローズはそれでいいのかもしれないけれど、周りから悪女だと言われて迫害されて、不器用な人」

エレノアは深刻な顔をして、舞台に見入る。

アレクはそんな彼女をしげしげと見つめたのち、長椅子から立ち上がった。

「少し待っていて。遠眼鏡を借りてきてあげよう。あなたには芸術を受け入れる素養がある」

「本当ですか？　ありがとうございます、旦那様」

立ち上がって礼を言うエレノアに微笑みを残し、アレクは桟敷の扉をうっすら開く。

外に控える、白いかつらの係員と何やら話しているようだ。

エレノアは視線を舞台に戻し、そのまま手すりのほうへと歩いて行った。

役者たちの表情を、もう少しだけ鮮明に見たいと思ったのだ。

舞台上では、ローズがひざまずいて夫に愛を乞うている。

必死に両手を伸ばし、悲痛な歌を歌うローズ。

しかし夫は、もうローズのことは見ていない。

背後に置いた自分の絵ばかりを見ている。

「悲しい話……」

手すりに触れてエレノアはつぶやく。

舞台上の愛は、どうしようもなくすれ違う。

ほんの少し前にローズが夫への愛に気付いていたら、夫はローズと両思いになり、それはそれで、きっと美しい絵を描いただろうに。

そんなことを考える彼女に、ふと、聞き慣れない声がかかった。

「今日の歌は、まあまあですね」

「えっ……？」

エレノアは慌てて声のしたほうを見た。

右でも、左でもない。

下だ。

手すりにつかまって下を見ると、下の桟敷の客が身を乗り出してこちらを見つめていた。

エレノアと視線が合ったとわかると、彼はばちんと片目をつむる。

「？」

（な、何？　今のは、貴族的なご挨拶？）

もちろんそんなわけはないのだが、経験不足のエレノアにはわからなかった。

相手は波打つ黒髪を後ろで結んだ、アレクと同年代の男性だった。

どことなく退廃的な空気をまとった彼は、エレノアを見つめて抑えた声をかけてくる。

「とはいえ月並みな程度です。この歌を聴き続けるくらいなら、あなたと休憩するほうが楽しそうだ。いかが？」

「休憩、ですか？　私と？」

エレノアがうろたえていると、背後から二の腕を掴まれた。

はっとして振り向けば、冷え冷えとした無表情のアレクが立っている。

「だ、旦那様」

「…………」

アレクは無言でカーテンを引いて視線を遮り、エレノアを長椅子まで引っ張っていく。腕にかかる力が少し強くて、エレノアは戸惑った。

「座って」

「はい……」

冷えた声で言われ、縮こまって長椅子に座る。

そんな彼女の姿に何を思ったのか、アレクはふう、とため息を吐いた。すぐに困ったような笑顔を取り戻し、腰に片手を当ててエレノアを見下ろす。

「悪かったね。あなたに怒っているわけではないよ」

「よかった……」

エレノアが胸をなで下ろしていると、アレクはエレノアの隣に座り、腰を抱いて耳元に囁きかけてきた。

「さっきの男の言う『休憩』は、夜の誘いだ」

「よ、夜の？　ですか？」

「声が大きいな。でも、下に聞こえるくらいがちょうどいいかな」

アレクはにこにこと笑いながら言う。

(あ……怖い。この顔、さっきより、すごく、怖い)

完璧な笑顔の後ろに渦巻くものがちらりと見えた気がして、エレノアは震えた。

この人は、本当に怒ったときは、こんな顔をするんじゃないだろうか。

アレクはその、貼り付けたような笑顔のまま続けた。

「ああいう奴らは劇場の係員に賄賂を握らせて、劇場内の控え室を貸し切りにして男女の営みに及ぶんだ。そういうやっかいな輩がいることを教えていなくて、悪かったね」

「い、いいえ、私の警戒心がなさすぎました。休憩って、そういう意味で……なるほど……。ん……？　でも、劇場には、みなさん男女ひと組でいらっしゃるんですよね？」

羞恥で赤くなったり、恐怖で青くなったりしながら、エレノアはアレクに訊《たず》ねる。

アレクは浅くうなずいた。

「そうだね。原則、そういうことになっている」

「なら、ここに来ている方はみなさん、お相手がいるはず。夜のお誘いに乗る人なんて、いるんでしょうか？」

エレノアの純朴な問いに、アレクは笑みをいささか皮肉なものにする。

「いるんだよ。上流階級では浮気は嗜《たしな》みだ。だからこうして、演劇にもなる」

「嗜み。浮気が、嗜み、ですか」

エレノアは啞然《あぜん》として繰り返す。

（嗜みっていうことは、するのが普通ってこと？）

そんなことをして、一体何になるのか。

アレクはそんなエレノアに美しすぎる顔を寄せて、鼻と鼻が触れあいそうな距離で言う。

「一応言っておくけれど、俺はしない」

近すぎる顔にどきりとしながら、エレノアは小声で返した。

「嗜みなのに?」

「嗜みよりも、あなたが大事だ」

アレクは迷いなく言い切ったのち、目の奥をふっと暗くする。

「もしもあなたがどうしてもしたいのなら、止めはしないが……そのときは、この胸を自ら切り開いて、ずたずたになった心臓を見せてあげようね」

「……! アレク……!」

思わず、悲鳴に近い声が出てしまった。

アレクの指がエレノアの唇に触れ、静かに、と合図を送る。

エレノアは必死に悲鳴をかみ殺し、目尻に涙をにじませる。

「アレク……いやです、そんなのは、いや……!」

冗談なのはわかっている。それでも、アレクが傷つくのを想像したくなかった。

「そう言ってくれると俺も嬉しい。だけど覚えておいて。あなたの手には、いつだって剣があるんだよ。俺の心臓だけを貫ける剣が」

アレクはエレノアの髪を優しく撫でながら、甘い声でとんでもないことを囁く。

（嫌だ。嫌。そんなの、欲しくない）

エレノアは必死にアレクの胸にしがみつき、訴えかける。

「そんなものは要りません。欲しいのは、生きているあなたです」

「本当？　生きている俺には、欲も汚さもある」

アレクは歌うようにつぶやき、エレノアのスカートをたくし上げる。

金色の光沢を持つ最高級の布を押しのけるとペチコートが現れ、それもかき分けるとシルクの長靴下をはいた足があらわになってしまった。

「んっ……」

触れるか触れないかの優しいやり方で足を撫でられ、エレノアの喉奥からは、甘いうめきが漏れる。一度官能を覚えた体はすぐにそれを思い出してしまう。

アレクの指はさらにするすると上ってきて、リボンで止めた白靴下と、下着の間に到達する。無防備な素肌に指が触れ、するりと、下着の中に潜り込む。

「十年前の可愛いアレクだって、こうしたいと思っていた」

「……っ……！」

エレノアの体はとっさに逃げだしかけたが、アレクはすかさずエレノアを長椅子に押し倒した。さらに体重をかけられてしまえば、体格差もあって逃げるのは望み薄だ。

「あ……ま、待ってください、待って……」

必死に囁きかけてみるものの、アレクの指はエレノアの敏感になっている皮膚をまさぐるのをやめようとしない。

しかも、肝心のところは触ろうとしないのだ。

下着の中から足の付け根を撫で、柔らかな毛の生えたところをくすぐるようにして、さらに湿った秘唇の周りをくすぐるのに、ただそれだけ。

(だめ、こんなの。こんなところで、だめ)

心では必死に否定するものの、エレノアの体は触れられた端から熱くなる。

以前与えられた快感を思い出し、下腹部の奥にじわじわとうずきが溜まった。最初にこのうずきを感じたときは戸惑ったが、今のエレノアはこれを解消する方法を知っている。

たくさん触ってもらって、あの、頭が真っ白になる感じになればいい。

そのためには、このままじゃダメだ。

エレノアは小さく身じろぎ、羞恥で真っ赤になりながら囁く。

「アレク……そこ、じゃ、ないです……」

「ここじゃないなら、どこがいいんだい？　どこに触ってほしい？」

囁き返し、アレクの指はついに秘唇をなぞり上げた。

するりとなぞった最後に花芽が引っかかり、求めていた刺激が半端に与えられる。

「あうっ……！」

エレノアは、腰をびくんと跳ねさせて、うっすら口を開けてあえいだ。

「あ、の、そこ……もっと」

「そこって、どこ？　よく見えないな……脱がせてもいいかい？」

「そ、それ、は……」

エレノアは真っ赤になって、周囲をうかがう。

扉には鍵がかかると、アレクには聞いている。

舞台ではちょうど、ローズが一曲歌い終えたようだ。

カーテン一枚隔てた向こうで、わあっという拍手の音が鳴り響いている。

客席の興奮が空気ごしに伝わってくる中、エレノアはおずおずとアレクに視線を戻す。

「アレクシス様が、守ってくださるなら……大丈夫です」

「守ってあげるよ。約束する」

アレクは密《ひそ》やかに囁き、エレノアに腰を上げさせる。

繊細な下着が床に落ちて、エレノアの片足はアレクの肩に担ぎ上げられた。

「やっ……」

秘められた場所が外気に触れて、ひやりとする。

このままドレスをまくりあげたら、すべてがアレクの目の前にさらされてしまう。

エレノアはとっさにドレスのスカート部分を両手で摑んだ。

「そのまま、ドレスを抱えて押さえていて。頼んだよ」

「え……あっ……」

そういうつもりじゃ、と口にする前に、アレクがスカート部分をずりあげてエレノアの手に任せた。

アレクに、頼む、と言われると、なんだかそうしなくてはいけないような気分になる。

結局エレノアは従順に豪奢なスカートをたくしあげ、顔の前で抱えた。

頭上で、壁についたランプの火が、ゆうらりと揺れる。

(どうしよう……全部、見えてる)

エレノアは火照りすぎてどうしようもない顔を、抱えたスカートに押しつけた。

太ももまでがあらわになると、塔を出る前にメイが太ももに吹きかけた香水が香る。

香りはアレクのもとにも届いたのだろう、彼はうっとりと告げた。

「香水とあなたの香りが混じって、夢のようだ。それに、ここもすっかり潤っている」

ここも、と言うのとほとんど同時に、アレクの指が濡れた音を立ててエレノアの秘唇に埋まる。途端に何かが決壊したかのように、秘唇は、こぷり、こぷりと甘い蜜を吐きだし始めた。

「あっ、やっ、ごめん、なさい……っ」

恥ずかしくて小さく叫んでしまうエレノアだが、アレクは気にするわけもない。

むしろわざとエレノアの中で指を曲げて、秘唇から蜜を掻《か》き出そうと動く。

「褒めているのに、どうして？　あなたが俺を愛してくれている印だ。あとから、あとからこぼれてくる……これじゃ、手首まで濡れてしまうな」

愛しげな笑いと、淫靡な水音がますますエレノアの情欲をかき立てる。

下腹部の熱が一気に高まり、一刻も早くどうにかしてほしくなってしまった。

勝手に腰がくねり、顔が隠せなくなる。

「ん、んんっ……ぁ、あ、もっと……この間、みたい、に」

吐息交じりの声で主張すると、浅いところをなぶっていた指が、不意に根元まで突き入れられた。長い指の節を感じ、エレノアの腰が跳ねる。

「あっ……！　あ、あぅぅ……」

「この間は、どうしただろうね。こうだったかな？」

アレクの声が熱い。

エレノアの耳をはむようにして、アレクはぐりぐりと指で奥を探った。

「ちが……あっ、ふか、い……っ」

前も指は入れられたけれど、もっと浅いところをこすられただけだった。

今回のアレクの指は、奥へ、奥へと隘路《あいろ》の果てを探っているかのようだ。

エレノアは一瞬つんとする痛みめいたものを感じたが、それもすぐにぐずぐずと快感に変わっていった。

指の感触に翻弄されていると、アレクがからかうように囁く。

「今、何本指が入っているか、わかる？」

「え……？　なん、ぼん……？」

（そんなに、入ってるの……？）

驚いて視線を向けるものの、ボリュームのあるスカートをたくしあげているせいで、エレノアの視界に入るのは美しいスカートのひだと、桟敷席の重厚なカーテンと、神話を描いた天井と——底光りする目をした、アレクの美貌ばかりだ。

（きれいな、ひと）

こんなときなのに、エレノアはアレクの顔を見るとぼうっとしてしまう。

そんなエレノアを見つめて、アレクはうっすらと微笑んだ。

「二本だよ。するりと入ってしまった」

「に、ほん……あうっ」

呆然とつぶやいているうちに、ねじこまれた二本の指が、ぐりゅんとひねられた。

男の指が濡れきった内部を擦りあげて、びりっと電撃みたいな快楽が生まれる。

それだけでは飽き足らず、指はエレノアの中でばらばらに動き出した。

エレノアの中の感じやすいところを狙って何度もこすり、さらにとんとんと中から叩いてくる。振動が腹のほうまで響いてきて、エレノアの唇からは勝手に甘い声が出た。

「あ……あっ、あっ、あ……」

（気持ちいい……なか、触ってほしい……もっと、さわって）

アレクの生んだ振動が、腹に溜まった痺れに直接届く。

びりびりっと刺激が生まれ、痺れがどんどん大きくなる。

これが『気持ちがいい』のだと、エレノアも段々と気付いてきている。

これは、気持ちいい。ものすごく、気持ちいい。

気持ちよさがどんどん増していく。

なのに、もどかしい。

もっとほしい。

もっと力強くて、もっと重々しいものがほしい。

エレノアの無垢な体は、本能的に目の前の人を求めている。

アレクはエレノアの中を刺激しながら、甘い果実を味わうように囁いた。

「この間とは違うね……中の肉がふわふわと柔らかくなって、俺に媚《こ》びてきている。それなのに頑張って食い締めてきて……とてもあなたらしくて、素敵よ。頑張り屋で、いじらしい」

「や、ぁ、そんなっ……」

事細かに自分の様子を告げられてしまうと、恥ずかしさと同時に甘やかさが体中に広がる。

中に入ったものをさらにぎゅうっと締め付けてしまい、そのぶん男の指を鮮明に感じてしまった。

(アレクの指だ……優しく頭を撫でてくれる、長くて剣だこのある、あの指……)

気持ちがいい。気持ちがいいけれど、これでは自分が気持ちいいばかりだ。

呼吸を乱しながら、エレノアはどうにか声を絞り出した。

「アレ、ク……ぁ、の」

「なぁに?」

のしかかるようにして聞いてきたアレクに、エレノアは涙目で囁く。

「そこ……やわらかい、なら、もっと、はいります……?」

「……どうしたの。もう一本入れてほしい?」

アレクの瞳に、刹那、少し残酷な色が載った。

普段なら怖いと思うところだが、今のエレノアは他のことで必死だった。

「あの。これだと、私だけだから……私、アレクが、気持ちい、ほうが、いいです」

(……どうにか、言えた)

ほっとして、エレノアはアレクを見つめ続けた。

前回のように、自分だけ気持ちよくなって終わってしまうのは、どうしても嫌だった。

それがアレクの気遣いなのはわかる。

わかるが、エレノアはアレクにも、気持ちよくなってほしかった。

せっかくこんなに近くにいられるのだ。この熱を、二人で分かち合いたかった。

懸命に視線でそのことを訴えかけていると、アレクはぽそりとつぶやいた。

「おかしくなりそうだ」

「おかし、く？」

エレノアは聞き返すが、アレクは答えなかった。

無言のまま、エレノアからずるりと指を引き抜く。

「んんっ！」

抜かれた拍子に、あふれた蜜がぱたぱたとペチコートにこぼれるのがわかった。

とっさに目を閉じたエレノアは、寝椅子がかすかなきしみを立てるのを聞いた。

「少しだけ、頑張って。エレノア」

アレクが、切羽詰まった囁きを落とす。

間を置かず、物欲しそうにひくつくエレノアに、秘唇に何かが押しつけられた。

未《いま》だ経験したことのない、なめらかな何かの感触。

それはほどなく、重みと質量を伴ってエレノアの中に押し入ってきた。

「っ……あ……あ！」

エレノアは衝撃に目を見開き、とっさにスカートをぎゅうっとつかむ。

そうでもしていないと堪えきれないような、異様な感覚があった。

(入って、くる)

濡れそぼった隘路を、思い切り割り広げられる感覚。

指なんかとは比較にならない質量のアレク自身が、慎《つつ》ましく閉じていた肉筒にずぶずぶとねじこまれてくる。

その、圧倒的な圧迫感。

そして、何もないと思っていたところを愛しい人に埋められていく、充溢《じゅういつ》感。

「あ、ひ、ひあ……ああ、あ……っ」

体こそ未通だったが、エレノアの魂はとっくに恋に花開いている。

エレノアの体は魂に引きずられ、初めての貫通にもどん欲に快楽を拾おうとしていた。

アレク自身に内部の敏感なところを全て擦られ、重い未知の快楽の波が、次々下半身から押し寄せる。

(呑みこまれる)

エレノアはアレクに担がれた足の指を丸めて、必死に新たな感覚に耐えていた。

アレク自身の質量はかなりのものだったが、押し入ってくる速度はもどかしいほどにゆつくりだ。ある地点で一度動きを止めると、アレクは詰めていた息を短く吐いた。

「……すまない。少し痛むよ」

「え？　あっ！　あ、んぐ、ううっ！」

エレノアが身構える前に、アレクに何度か強く腰を打ち付けられる。

下腹部で鋭い痛みが弾け、エレノアは悲鳴をかみ殺した。

やがて痛みが過ぎ去ると、アレク自身はすっかりとエレノアの中に収められてしまう。

「——頑張ったね。偉い子だ」

アレクは背中をまるめて、エレノアの汗ばんだ額に口づけを落とした。

「は……」

甘い口づけが痛みによる緊張をほどいてくれて、エレノアは細く長く息を吐く。

こうして落ち着いてみると、不思議な安堵感《あんどかん》がある。

体の中の虚《うつ》ろなところが、なくなった。

アレクでぴったり満たされている。

（嬉しい）

ぬるま湯に浸《つ》かるような安堵感に浸っていると、アレクがエレノアの花芽に触れる。

「馴染《なじ》むまで動かさないでいるよ。こうしたら少し、気晴らしになるかな」

花芽はすでに興奮で硬くなり、豊富な蜜で潤っていた。

アレクはそこに二本の指を当て、甘やかに撫で回していく。

わかりやすく鋭い快感が走り、エレノアの腰はびくんと跳ねた。

「んんんっ……？」

悲鳴をあげかけた唇を、すかさずアレクがキスで塞ぐ。

そのまま、アレクは花芽を優しく、そして容赦なく刺激し続けた。

軽い刺激を与えながらくるくる回したかと思うと、二本の指で挟み込んで少し強めに揉みこんでいく。エレノアの熱は否応なく高められ、これ以上はいけない、と思った瞬間、ひと思いにぎゅうっと押しこまれた。

「――――――ぅ……！」

頭の中の思考が官能の風でふっとばされ、エレノアはあられもなく達してしまう。

（きもちいい、きもちいい、きもちいい）

足の先まで陶酔が突き抜けて、ふるふると震え続ける。

その間もキスは続き、熱い舌を、ちゅ、ちゅ、と舌を出し入れされた。

（うれしい……アレク、やさし……）

心が温かくなると、その熱が回って舞い上がった状態から降りられなくなってしまう。

エレノアは何度も、何度も、小さく達した。

全身をぴりぴりした快感になぶられている間、エレノアの肉筒は痙攣《けいれん》してアレク自身を抱きしめ続ける。

エレノアがどうにか落ち着いて来たころに、アレクはキスをやめて熱いため息を吐いた。

「よすぎるな……口づけすると、長いこと達するね……かわいらしい」

「達、する？」

エレノアはうっすら目を開いてアレクを見る。

「そう。こうすると」

アレクはうっすらと笑い、腰を軽くゆすりながら、エレノアの花芽をしごいた。

刺激されて達したばかりのそこは、鋭敏な感覚が凝りきっている。

「いっ……！」

快楽の雷に打たれたみたいになって視界が吹っ飛び、エレノアは息を詰めた。

薄い腹を震わせて硬直するエレノアに、アレクは優しい教師のように言う。

「気持ちよくなって、痺れてくるね？　これが、達するということ」

「は、い……覚え、ます……」

反射的に、エレノアも生徒のように答えてしまった。

「いい子。次は、中で達する方法も覚えるんだよ」

アレクはエレノアの頭を撫でると、ずるるる、と、自身を引き抜き始める。

しかも、おそろしくゆっくり。

（うう……え……？　ま、まだ、抜ける余地があるの……？）

ぎょっとするくらいの時間をかけて、アレクはぎりぎりのところまで自身を引き抜いていく。

アレク自身の一番張り出したところが秘唇を広げたとき、彼はやっと腰を止めた。

そして今度は、ゆっくり、ゆっくり、呆れるくらいゆっくり、また押しこんでいく。

「う、ぁ、ぁ、そ、れっ……！」

「気持ちいい？　感じるところ、全部触れてあげる」

アレクは囁き、乾いた自分の唇を舌で湿らせた。

いっそ非常識なくらいの時間をかけて、引き抜き、押しこむ。

エレノアは慣らされていく悦びで、頭の芯が痺れっぱなしになっていた。

うっとりと快楽にたゆたい、入れられるときはおろか、抜かれるときでさえ同じくらいの刺激を受け取ってしまう。

と、そのとき。

こんこん、と、扉を誰かが外からノックした。

「っ……？」

急に現実に引き戻されて、エレノアは扉のほうを見やる。

アレクはというと、なんと、腰の動きを止めることはなかった。

ひたすらにゆっくりした抽挿を繰り返しながら、扉の外に向かっていつもの声を出す。

「何だい？」

「次の休憩時間に、お話が」

答えた声は、どこか鋭い。

アレクはかすかに息を吐き、答える。

「わかった。下がりなさい」

「はい。失礼いたしました」

二人が会話している間、エレノアは必死に自分の口を手のひらで押さえていた。

（どうしよう……今の人、ずっと、扉の外にいた？　声、ひょっとしたら、聞かれて……？）

緊張で固くなったエレノアの体を見下ろし、アレクはにこやかに言う。

「そういうことだから、次の休憩時間までに、少し頑張ってくれる？」

「頑張る……？　は、い……もちろん、です」

どういうことだろう、と思いながら、エレノアはもごもご答える。

するとアレクは、エレノアの中から自身をずるん、と抜き出した。

「あうっ……」

エレノアは切ない気分で声をあげるが、すぐにアレクに体を裏返されてしまう。

「ここにつかまって」

アレクの大きな手に導かれ、エレノアは片手で長椅子の背もたれを掴んだ。

次に長椅子の座面に膝を突かされ、アレクに向かって尻を突き出す格好にさせられる。

（今、私、どんな格好なんだろう）

羞恥で赤くなっていると、アレクの指が尻をつかんで割り広げてきた。

ぬかるんだ秘唇に再びアレク自身が押しつけられ、今度は一気に最奥まで突きこまれる。

「いっ……！」

「声を殺して。俺以外には聞こえないように」

背後で、アレクの切羽詰まった声がする。

エレノアは必死に頷き、自分の腕に口元を押しつけた。

その間にも、アレクは勢いよく腰を打ち付けてくる。

こなれてきた柔肉を思いきり擦り立てられ、エレノアは目の前がチカチカしてくるのを感じた。長大なものが、敏感になりきった内壁をごりごりと削っていく。

翻弄される。くらくらする。おかしく、なる。

「あっ、あっ、んぅ、あっ……！」

自然と声が漏れ出てしまうけれど、もう、抑える術もない。

遠く、歌劇の歌声が響く。失われた愛を歌う切ない歌声が。

嘆き悲しみつつも、燃えさかる情熱を歌い続ける。
エレノアの愛は、失われてはいない。
はっきりと、ここにある。
「甘い声だ……本当は、もっと聞きたい……思い切り、甘く泣かせてあげたい」
明らかに欲情したアレクの声がして、エレノアの頭もとろりと溶けた。
こんなふうに声を押し殺す必要なんか、本当はないのかもしれない。
隣の男も、扉の向こうの男も無視して、悦楽に身を任せればいいのかも。
エレノアは蕩けた顔のまま、どうにかアレクのほうを振り返る。
怖いくらいに真剣な面持ちの彼と視線が絡まり、エレノアはぞくりとした。
(私に、夢中になってくれている)
喜びの感情が湧き上がると、エレノアの媚肉はなおさらアレク自身に強くからんだ。
「アレク……」
自分でもびっくりするくらい甘い声が、自分の喉から絞り出される。
それを聞いたアレクは切羽詰まった笑みを浮かべた。
「そんなに、煽《あお》るな」
殺気に近いものすらにじませて、アレクは思い切り腰を進める。
乾いた音を立てて、アレクの腰がエレノアの尻に押しつけられた。

「あっ！　あぁあ……！」

エレノアは目を見開き、必死に長椅子の背もたれにしがみつく。

尻肉が押しつぶされ、アレクと密着しているのがよくわかる。

そして腹の最奥に、ずぅん、と重い痛みのようなものが生まれていた。

「奥に届いた……わかるかい？」

アレクは荒い息の間に囁きかけてくる。

エレノアには答える余裕がない。

はっ、はっ、と短い呼吸を繰り返している間に、アレクは自身の存在を思い知らせるようにエレノアの最奥をぐりぐりといじめた。

「んく、ぅう、う……あ……ああっ……」

重い痛みはずんずんとエレノアを襲い続けたが、すぐに痛みは快感に近いものへと変わっていく。エレノアの腰が勝手に揺れ、呼吸がどこまでも熱くなる。

「っ……本当に、すごい締め付けだな。自分の体がどうなっているか、わかる……？」

「わ、わから、な……ぁあ……なんだか、おかし……ぃ、です、いたい、のか、きもちい、のか、わからな……」

「そうだろうね。あなたの奥、柔らかくなってきているよ。俺を、受け入れてくれるんだね、エレノア……」

アレクは囁き、エレノアの反応に集中しているようだった。エレノアの奥は徐々に柔らかくなり、アレク自身とちゅ、ちゅ、と口づけをしているかのようだ。

アレクはエレノアの腹側に手を回し、エレノアの薄い腹にドレスの上から触れた。

「ひっ……？」

まさかそんなことをされると思わなかったエレノアは、びくりとする。

けれど後ろから最奥まで串刺しになっていては、それ以上動きようもない。

「もっと俺を感じて、エレノア。あなたの、全部で」

アレクはかさついた声で囁き、自身をずっぷりと含ませたエレノアの腹を、外側から揉みこむようにする。

「――――……！」

腹に溜まっていた快感が、その瞬間に弾けた。

今までにない、重みのある快楽の爆発に、エレノアは声も出せずに震える。

深く達した彼女の秘所は痙攣し、アレクにも強い刺激をもたらした。

「………っ」

かすれたうめきと共に、エレノアの最奥に熱いものがたたきつけられる。

どくどくと注ぎこまれるそれの感触で、エレノアはまた軽く達してしまう。

真っ白い恍惚《こうこつ》の中で、エレノアはぼんやりと考えた。

(私、聖女じゃなくなった)

男の精を受けた今の自分は、元聖女。

能力に変わりはないかもしれないが、絶対に神殿には戻れない。

ここからはただの女として、アレクの隣で生きていくしかないのだ。

そのことが、今は途方もなく嬉しかった。

† † †

「信じられません。本当に、信じられません……っ！」

「いや、あの、ね、メイ、落ち着いて」

「落ち着いて居ないのは旦那様のほうです。まさか、こんなところで奥様に悪戯《いたずら》をなさるだなんてっ！」

怒りに震えるメイに髪を結い直されながら、エレノアは小さくなった。

ここは薄紅色の美しい壁紙に囲まれた、劇場内の小部屋だ。

観劇中にうっかり愛の営みをしてしまったエレノアは、身だしなみを整えるため控え室へやってきていた。

確かにびっくりの展開ではあったけれど、メイにここまで怒られると困ってしまう。

「あの、でも、旦那様はメイのことを使用人控え室まで呼びに行ってくれたし」

「当然です。それくらいはしていただかなくては！」

「そ、そう？　あと、あの、今回は、私にも多大な責任があると思います……」

エレノアはほんのりと頰を染めてうつむく。

（立ち止まれるところも、お断りするところも、いくつもあった。でも、やめたくなかったのは、私も同じ）

ほわほわと考えていると、メイがため息交じりに続けた。

「確かに、奥様は旦那様を煽りがちですよ。それはそうです」

「そうなの？」

エレノアは驚いてメイを見上げようとする。

メイはそんなエレノアの頭を両手で挟むと、そっと壁の鏡に向け直し、真珠つきのピンで髪を留めながら主張した。

「そうですけど、旦那様はぐっとこらえるべきでした！　奥様はそのへんの不倫好きの貴婦人とは違うんです。初めてなんですから、もっと思いっきり美しい、安心できる場所を用意してしかるべきじゃありませんか！」

メイの主張はよくわかる。そのとおりだと思う。

とはいえ、エレノアは少しも憤慨はしていないのだ。

アレクが批判されるのももどかしくて、エレノアは控えめに反論する。

「美しさは間違いなかったし、安心は、できたよ」

「本当に？　あの、紙みたいに薄い壁の桟敷で？」

「でも、アレクの胸は分厚かったし……」

エレノアが返すと、メイは手を止めてうなった。

「……なるほど……。わかりました」

「な、何がわかったの？　アレクの胸の厚さ？」

「いえ、奥様のお気持ちがわかりました。そこまで言われるなら、メイもそのつもりでお仕えしてまいります」

なぜか覚悟を決めた様子で宣言されてしまい、エレノアも戸惑いながら小さく目礼する。

「ありがとう、メイ。あなたがいてくれて、本当によかった」

「こちらこそ、ありがとうございます。メイはいつでも奥様の味方ですから、旦那様が度を越したご無体をなさったら、いつでも言ってくださいね」

そう言うメイの顔はとてつもなく真剣で、エレノアはこくりと唾を飲んだ。

（本当に泣きついたら、メイは何をする気なんだろう）

深く考えると恐ろしい気がするので、エレノアは考えるのをやめて頷くことにした。

「約束します。じゃあ私、そろそろ桟敷に戻るね」

「お送りしますよ、奥様。片付けますから、少々お待ちを！」

メイが急いで化粧道具やら髪の手入れ道具を片付け始めたので、エレノアは慌てて彼女を止める。

「すぐそこだから、ひとりでも大丈夫。お芝居も途中だから、一刻も早く戻りたいだけなの。メイはゆっくり片付けて」

「そうですか。それほどまでにお急ぎですか。なら、仕方がありませんねえ」

メイはまた怪しい目つきになったが、しぶしぶ納得したようだ。

「それじゃ、また、帰りのときに」

エレノアは言い、ひとりで控え室を出た。

真紅の絨毯敷きの豪奢な廊下を抜けて、優美な彫刻がついた手すりのらせん階段を上り、桟敷席へと向かう。

劇場の構造は、以前エレノアが住んでいた神殿や、今住んでいる塔より大分複雑だ。

本当はメイに案内してもらったほうがよかったのかもしれないが、エレノアは気が急いていた。

（早く、アレクの隣に座りたい。一刻も長く一緒にいたい。体温を感じて、声を聞きたい）

こんな考えははしたないかもしれない。

でも、本当の気持ちなのだから仕方がないのだ。

塔での暮らしは何不自由ないけれど、アレクと会えるのがたまになのは寂しい。

彼が自分を皇后として表に出してくれないのも、もどかしいといえばもどかしい。

(体調を心配してくれているんだから、早く一緒に住みたいとも言えないし……今は、ちょっとでも長く一緒にいる努力をするしかない)

栈敷席に面する廊下に誰もいないのをいいことに、エレノアはドレスをたくしあげた。

そのまま足早に、自分たちの栈敷席へ向かう。

と、不意に左の人差し指の付け根が痛んだ。

「あいたた……なんだろ？」

エレノアは足を止め、いったんドレスを下ろして自分の指を見る。

ドレスに合わせていくつかの指輪はつけていたが、痛んだ左の人差し指には何もつけていない。それなのに、付け根がうっすらと赤くなっていた。

一体なんなのだろう、と不思議に思った次の瞬間、すぐ横にある扉の向こうから、女の声が響いてくる。

「あの、私、やっぱりここで帰ります！」

うろたえたような、若い女の声。

それに答える男の声は、小さかったのだろう。エレノアのもとには届かない。

女の声だけが途切れ途切れに聞こえてくる。

「……わかっています。でも、私、皇宮勤めは最近ですし、そんなお話をするために来たんじゃありません。いい結婚の話があるとお聞きしたから……」

（皇宮？　ひょっとして、この扉の向こうにいるは、皇宮の侍女とか？）

エレノアはぎょっとしてしまった。

そう思ってみると、声に聞き覚えがあるような気がする。

もちろんメイではないが、塔付きの侍女の声に似ているような――。

これは一体、どういう事態なのだろう。

考えこんでいる間に、ガタン、と扉が音を立てた。

ガチャガチャとノブが回っているのを見て、エレノアは息を呑む。

（中の人が、逃げようとしている……！）

しかし、扉は簡単には開こうとしない。

女を連れこんだ男が、阻止しているのだろう。

（このままじゃ、いけない）

エレノアはとっさに駆けだした。

自分たちの桟敷を見つけると、ノックもなしに飛びこむ。

「アレク……！」

「どうした、エレノア。顔色が青い」

長椅子に座っていたアレクは、すぐさま立ち上がってエレノアを迎え入れた。

エレノアは彼の胸にすがって、必死に訴えかける。

「五つ向こうの桟敷席に、皇宮勤めらしき女性がいます」

「皇宮勤め？　あなたの知っている人かい？」

「そうかもしれません。あの、理由を偽って呼び出された様子で、帰りたがっています！」

「……！　わかった」

アレクは素早く事態を受け入れると、エレノアを長椅子に座らせた。

そうして、にこりと笑う。

「ここで待っていて。心配はしないこと。それと、扉も開けないこと。いいね？」

あくまで柔らかな物言いだが、目は笑っていない。

真っ青な瞳の奥で、ちかりと冷たい光が灯っている。

この目をしたアレクに逆らってはいけない。

本能的に悟ったエレノアは、そわそわする気持ちをねじ伏せて長椅子に座り直す。

「わかり、ました。信じてお任せします、アレク」

エレノアが祈るような気持ちで答えると、アレクは彼女の頭を軽く撫でてくれた。

「いい子だ」

妹に言うように言い、アレクは仮面をつけなおして扉の外に出て行く。

頼りがいのある背中が見えなくなると、エレノアはぎゅっと両手を握りあわせた。

(どうか、あの女性が傷つくことなく、家まで帰れますように。どうか、アレクが危ないことに巻きこまれませんように)

アレクならきっと、自分の宮殿に仕える人を守ってくれる。彼は誠実で、情の深い人だから。

そう思ってはいるが、心配な気持ちはどうしてもつきまとう。

(結婚相手の紹介と偽った、とか言っていたけど、お相手の人は一体どうしてそんなことをしたんだろう。こんな劇場の桟敷席を取れるんだから、きっとお金持ち。女性と遊ぶだけなら、色々と方法があるはずなのに)

ここは劇場だ。やる気になれば、貴婦人との浮気を楽しむことだってできる場所らしい。

なんでそこで、わざわざ皇宮勤めの人を……?

エレノアが深く考えこんでいると、軽いノックと共に桟敷の扉が開いた。

「エレノア」

「アレク……！　無事ですか？」

エレノアは腰を浮かせてアレクのほうを見る。

彼は白い山羊革《やぎがわ》の手袋を直しながら、いつもの調子で言う。

「安心してくれていい。お嬢さんは、俺の護衛のひとりが家まで送る手はずだ」

「よかった……。ありがとうございます、アレク、じゃない、旦那様。護衛の方を、わざわざ呼んで下さったんですか？」

エレノアが心底ほっとして聞くと、アレクはくすりと笑う。

「護衛は最初から何人もいたよ。劇場の係員や、客に紛れてね。あなたに色目を使った男も、他の護衛が丁重に家まで送っていったはずだ」

「下の席の方も？　まったく気付きませんでした」

エレノアが目を丸くしていると、アレクが耳元に囁きかけてくる。

「あなたの可愛い声を、あんな奴に聞かせたくないからね。両側の桟敷は最初から貸し切っていたのだけれど、下の席については油断してた。すまなかった」

「……！　そ、そうだったんですね……。私、こ、声、出てました？」

両側が無人だったのはありがたいが、声は一生懸命潜めたつもりだった。

うろたえるエレノアのこめかみに、アレクは軽い口づけを落とす。

「路傍の石でも欲情しそうな、甘い声だったよ。これからも、俺だけに聞かせて？」

耳元で甘く囁かれてしまうと、エレノアは真っ赤になるしかできなくなってしまった。

（は、恥ずかしくて、どうにかなってしまいそう……！　他の、何か、他のことを考えないと。他の……そう、五つ向こうの桟敷の、お客さんのこととか！）

真っ赤になった頰を両手のひらで覆いながら、エレノアは必死に考える。

黙ってしまったエレノアを見て、アレクは小さく首をかしげた。

「どうしたんだい、奥方。まだ何か、不安なことがある？」

「あの……旦那様が助けた人についてなんですが」

「うん？　なんだい？」

「女性を連れこんでいたのは、どんな人だったんです？」

エレノアは顔を上げ、アレクに問いを投げた。

真実を知るのは勇気がいるが、皇宮の人のこととなれば他人事ではない。

知れることは知っておきたかった。

「具体的な名前をあげることもできるけれど、あなたにはまだわからないだろう。年配の貴族だよ。少しお行儀の悪い人だが……大丈夫。あなたは俺が守るから、安心しておいで」

アレクは甘く言ってエレノアを見下ろしたが、瞳の奥には依然、冷たい光があった。

エレノアはそんなアレクをじっと見つめ返して思う。

――この人は、まだ、何かを警戒している。

4. 内乱の真実

アレクとエレノアが観劇に出かけたあと、十日ほどが過ぎた。

表向きは平和な十日間だが、アレクにとってはけして平和とは言えない十日だった。

「それで？　本当にあなたが行くんですか？」

「俺以外の誰が行く？」

「誰だって行きますよ。あなたが命じればね」

皇宮の地下通路に、男二人の声が怪しく響く。

フードつきの没個性な外套《がいとう》をまとい、角灯を手にして歩いて行くのは、若き皇帝アレクと、その腹心であるステファンだ。

二人は地下に足音を響かせながら、足早に進んでいく。

角灯の揺れる灯《あか》りが、アレクの険しい顔をちらりと照らす。

「俺が決着をつけるべきことだ。――エレノアが、最後の手掛かりをくれた」

「よりによって劇場でネズミを見つけるとは、エレノア様も勘がいい。桟敷席での会話を、廊下から聞きつけたんですって？」

ステファンはつぶやき、眼鏡を直す。

アレクは我知らず、自分の胸辺りを摑みながら答えた。

「普通ならば運が良すぎる話だが――やはり彼女には、加護がある。間違いないんだ。医者もそのことは断言している。問題は、そのことをいかに国内に、そして、アケルにも納得させるか、それだけのこと」

「そのためにも、皇后陛下にはきちんと生き延びていただかなくてはなりませんが……。ま、ネズミの一件で当座の敵はあらかた片付くでしょう。それにしても鈍いネズミでしたね。泳がせたらあっという間に本拠地を教えてくれましたし。チョロい。実にチョロい」

ステファンはごくごく真面目な顔で、『ネズミ』とやらを馬鹿にする。

この『ネズミ』は、もちろん劇場で侍女をたぶらかしていた男のことだ。

ふたりは男の正体も、所属する団体も、活動場所も、もくろみすらも知っているようだった。国家権力を手にしているとはいえ、恐ろしい迅速さである。

アレクはいささか呆れた顔で、ステファンを見やった。

「一応言っておくが、お前の諜報《ちょうほう》能力が高すぎるせいで、ネズミがチョロく見える可能性もかなりあるぞ」

「まさか、私のせいじゃありませんよ。皇帝陛下がよき政治をすれば、よき市民が育ちます。よき市民というのは、大体においてよき諜報員の素質を持っている……つまり、諜報力の高さは皇帝陛下のおかげ、というわけです」

言葉遊びのような言いようだが、何を言われているか、アレクにはよくわかる。

（つまり、軍や諜報員だけではなく、市民たちを使って情報を洗い出したわけだな）

ステファンが帝都に張り巡らせた諜報網は、一体どれくらいの規模と精度を持っているのか。

アレクはひっそりと舌を巻き、心の底から言う。

「俺は、死んでもお前を敵に回したくない」

「死なないでずっと玉座で旗を握っていてください。美しい旗を振って愚民をよりよき方向へ導くことは私にはできないし、できたとしても絶対にやりたくない役だ。なにせ私、愚民はどう頑張っても愚民だと思っておりますのでね」

淡々と続けるステファンは、見る人間によっては高慢にも見えるだろう。

だが、アレクはステファンが正直すぎるだけだと知っている。

（旗振り役は任せる、なんて言いつつ、こいつだって民を見捨てたりはしない。万民が理解できる言葉と政策で、ひとりでも多く救おうとしている）

民のことを賢いと信じすぎるのもまた、不親切だ。

無責任に信じすぎれば、賢い民だけを救い、他の民を見捨てることになってしまう。

アレクは頼もしい腹心を眺めて、にやりと笑う。

「安心しろ。お前のために生きる気はしないが、エレノアを残して死ぬ気にはなれない」

ステファンも、アレクのほうを見てかすかに笑った。

「信用できる発言ですね」

「だろう?」

アレクは満面に笑みを湛え、歩調を緩める。

周囲を眺め、脳内の地下通路地図と比べた。

帝都の地下は代々の皇帝によって高度に開発されている。

その記録は代替わりによってしばしば紛失し、帝都には死んだ地下通路が山ほど存在した。アレクは早くからこの通路に目をつけ、皇位簒奪の際にも忘れられた地下通路を使ったのだ。

そして今も、新たに整備した皇帝だけが使える地下通路を通って敵地に向かう。

「そろそろ、目的地付近か」

岩壁に刻まれた記号から判断し、アレクは足を止めた。

身を翻《ひるがえ》すと、音もなくついてきていた黒衣の男たちも足を止める。

総勢、三十人はいるだろうか。

黒衣の下には軽量の鎧を身につけ、武器を装備したえりぬきの兵士たちだ。

数としてはけして多くはないが、そのほうが小回りは利く。

少数精鋭部隊を使うのも、アレクの戦法だった。

「皆、準備はいいな？　これより、ネズミ取りを行う。先に話した通り、お前たちは死んでも己の正体を明かしてはならない。だが、万が一本当に命を落としたときは、残った家族のことはこの俺が面倒を見よう」

アレクがよく通る王者の声で確認する。

兵士たちはびしっとそろった所作で片足を踏みならし、片腕を反対の肩にあてる敬礼をした。

ステファンはその様子をじっと見つめていたが、ふと、アレクに声をかける。

「隊長」

アレクは瞬きをして、小首をかしげた。

「古い呼び方だな」

そう、それは、騎士時代の呼び方だったのだ。

あのときは、自分が隊長。そしてステファンは副隊長、兼、会計係だった。

十代の騎士だったころみたいな目をして、ステファンが問う。

「エレノア様には、どこまで真実を伝えたんです？」

（こいつ、思ったより心配しているな）

アレクは小さく笑い、目を細めて答える。

「どこまでも、愛だけを」

ステファンは深く長いため息を吐き、小さく肩をすくめた。

「実に、あなたらしい」

アレクはそんなステファンの肩を軽く叩き、力強く言う。

「エレノアのための、最後の露払いだ。やり遂げて見せる。俺が留守の間、彼女を頼む」

「了解です、隊長」

ステファンは小さな声で言い、騎士風の敬礼をして見せた。

アレクも敬礼を返し、そっと自分の胸に手を当てる。

その下には、指輪がある。

自分の体温と同じ温度になった、美しい指輪が。

† † †

「エレノア様、そろそろいらっしゃいますよ」

「ありがとう、メイ」

塔の一階からメイに呼ばれて、エレノアは本の山から顔を上げた。

劇場の一件以来、やっぱりまたアレクは塔にやってこなくなってしまった。

だが、今のエレノアはそのことを嘆くばかりではない。

(ひとりの時間があるなら、ひとりでできることをやればいい。私にできること、やりたいことをやるんだ)

そんなふうに思ったエレノアは、アレクにとある人物との面会をお願いしていた。

アレクとメイ以外で、エレノアが目覚めていることに気付いていそうな人物。

そして——十年前の内戦と自分について、知っていそうな人物だ。

(アレクにはまだ、私に内緒にしていることがたくさんある。無理に聞き出したいわけじゃないけど……私は、私の身体のことを知りたい)

エレノアは鏡をのぞきこみ、自分の身なりを整えながら考える。

塔の中に居るだけなら気にならなかったことが、外に出ると気に掛かる。

劇場で事件に遭遇したアレクは、普通とは思えないくらいに警戒していた。

(過保護なだけならいいけれど、もし、私自身になにか問題があったら。皇后として表に出せないくらいの不都合が、あったとしたら)

アレクと愛で結ばれた今、エレノアの気持ちはおそるおそる未来をうかがい見ている。

皇帝と結婚しているのなら、この先子供のことを考えないわけにはいかない。

個人的な気持ちとしても、エレノアはアレクの子ならいくらでも欲しい。

欲しいが、欲しいからといって、簡単に与えられるわけでもないのが子供だ。

(万が一にも、病気のせいで子供が出来ない身体になったとかだったら……)

本当は医師に問いただしてみたいところだが、まだ少しだけ、その勇気は出ない。

鏡の中の自分は、最近衣装部屋に増えた胸元が詰まったドレスをまとい、真剣な面持ちをしていた。わずかなほつれ毛をきゅっと押しこみ、エレノアは一階へと下りていく。

「お待たせ致しました！」

エレノアが階段を下りながら声をかけると、薬草棚を見ていた誰かが振り返る。

フード付きの地味なローブを着た、無精髭の気さくな男。

神殿長、バリーだった。

「バリー様、本当に来てくれたんですね」

エレノアはわずかに頬を紅潮させ、バリーのもとへ駆けていく。

バリーは穏やかそうな笑みを浮かべて、手にしていたバスケットを持ち上げた。

「無事に陛下から許可が下りましたのでね。ご希望のビスケットと葡萄酒の試作品を持って参りました。ここでは、エレノア様、と呼んでもよろしいかな？」

「もちろんです、神殿長様。すぐにお茶を用意します」

エレノアはいそいそと薬草棚を開け、独自調合の茶葉を用意する。

バリーは横に立ち、興味深そうにエレノアの手元を見つめた。

「立派なもんですな。皇后陛下になっても、薬草の勉強を続けていらっしゃるとは」

「癒やしの力だけでは限界がありますから。聖女の数にも限りがあるし、お茶で解決できることは、お茶で解決するほうがいいと思うんです」

エレノアが手早くお茶を用意しながら言うと、バリーは感心したようにうなずく。

「確かにその通りです。お茶なら、あまねく帝国民に広げることもできましょう。これは商売の気配がする……神殿限定茶なんか用意したら、売れるでしょうね。いや、皇后陛下のお墨付き、のほうが売れるかな？」

「ふふ。バリー様、すっかり商売人になりましたね？」

「いやあ、私は元々こんなもんです。偉そうにするより、商売の方が好きなんです。そもそも神殿は聖女のものですから、我々がふんぞり返っていること自体が落ち着きませんねえ」

ぽんぽんと話が弾み、エレノアはしみじみと昔話の楽しさを嚙みしめた。

だが、今日はそんな話をするためにバリーを呼んだわけではない。

完璧に入ったお茶をテーブルに置きながら、エレノアは気合いを入れ直す。

「……それで、バリー様。今日お呼び立てしたのは、十年前のことについて、お聞きしたかったんです」

「おお、なんでしょう？　私に答えられることならば、なんでも聞いてください」

エレノアは注意深く続けた。

「あの。私は十年間、病気で眠り続けていたじゃないですか。でも、聖女時代は風邪ひとつ引いたことがありませんでした。発症のときって、どんな様子だったかご存じですか？」

「病気……なるほど」

バリーはわずかに表情を曇らせ、白い無精髭が生えた顎を撫でる。

珍しく口ごもる彼に、エレノアは少々不安になった。

「えっと。あの、病気の詳細を、ご存じだったりするでしょうか？　正直、私は全然聞いていなくて」

「そうですか。では、発症の時の記憶は？」

「記憶？　うーん。神殿で働いていて、疲れて外で休憩して……戻ろうと立ち上がったところで、ぐらっときて倒れた、ような気がします」

「なるほど。ぐらっときて、ね……」

なおもバリーは考えこむ。

エレノアはそわそわしながら彼の様子をうかがっていた。

あまりにも長い沈黙に、今まで隅にいたメイが控えめに口を挟む。

「バリー様、皇后陛下がご質問なさっていますよ？　答えたらいかがでしょう？」

「あの、メイ、いいの。バリー様、何か、考えてらっしゃるようだし」

エレノアはメイを止めたが、バリーは気にする様子もなく顔を上げた。

「すみません、すっかり思考の深みにはまっておりました。申し訳なかったです、皇后陛下。申し訳ないついでに、ひとつお願いをさせてくださいませんか」

「お願い、というのは？」

急な展開に小首をかしげながら聞くと、バリーは真剣な面持ちで告げる。

「私と一緒に、神殿の資料室まで来て下さい。あなたの病は、ひょっとしたら……聖女にのみ発症する、あの病かもしれない」

「聖女にのみ発症する病？　そんなものがあるんですか？」

あまりに寝耳に水の話に、エレノアはオウム返しに聞き返してしまった。

驚いてメイのほうを見るものの、メイも目をぱちくりするばかりだ。

「あたしも今、初めて聞きましたけど……」

「それはそうですよ。厳重に伏せられておりましたから。というか、私しか気付いていない可能性もある話です。そもそも私は、長らく女神アステールとカルドゥス帝国発祥の歴史の真実について研究しておりました」

難しい顔で語るバリーを見つめながら、エレノアは十年前に見たバリーの部屋を思い出していた。

（言われてみれば、神殿の業務に直接関係のない、帝国の歴史や貴族の紳士録、外国の本がたくさんあったような……）

あれは、バリーが研究をしていたせいだったのか。

記憶を探るエレノアの前で、バリーはせっせと続ける。

「かつて、カルドゥス帝国は邪悪な瘴気に冒されていました。そこを旅した初代皇帝、薔薇の女帝は、瘴気に当たって病気にかかっていた、という説があります。それで私は思ったのです。アステールは、女帝の病気を自分の身に引き取って治した。それこそが、アステールの加護だったのではないか、と」

「女帝の病気を、自分の身に引き取って……」

エレノアはつぶやくが、メイは眉根を寄せる。

「その話が、聖女だけがかかる病気になんの関係があるんです？」

「待って、メイ。私、なんとなくわかる気がする」

エレノアに止められ、メイはびっくりしたように彼女を見た。

「本当に？　今の話で、何かわかりました？」

エレノアは神妙な顔でうなずいて言う。

「うん。私、治癒の祈りが得意じゃない？　でも、あれを使うと、癒やした傷と同じところが痛むんだ。なんだか痛みを引き受けたみたいだな、って思ってた」

「そうなんですか？　私はそんなことなかったですけど」

メイは戸惑い半分、心配半分の様子だ。

バリーは興奮気味に身を乗り出す。

「それ、それですよ、皇后陛下！　聖女たちは女神アステールのお力を借りて、治癒の祈りを行っている。アステールと聖女の力は似ているのです。皇后陛下は特にアステールとの繋がりが強いぶん、アステールが引き受けた瘴気の影響を受けているのかも……！」

バリーの話はあまりにも意外だったけれど、納得できるところもあった。

エレノアが十年眠ったのが女神のせいだというのなら、どれだけ不思議な症状だったとしても当然かもしれない。

（問題は、私がこれからどうなるか、っていうことかな）

エレノアが考えるのとほとんど同時に、メイも同じ考えに至ったらしい。

メイは焦りをにじませて、バリーを問い詰める。

「だとしたら、皇后陛下はどうなるんです？　今まで同じ病気になった聖女は、どうやって治してきたんです？」

エレノアも小さく頷きながら、バリーの返事を待った。

バリーはしばし黙りこんでから、思い切ったように言う。

「……聖女病の果てにあるのは、死です。そこから逃れる方法は――これから、我々で探すしかありません」

（嘘）

いきなりの言葉に、エレノアは頭を殴られたような気分で棒立ちになる。

メイも真っ青になって悲鳴をあげた。

「そんな……！」

それ以上何も言えないようで、メイはぶるぶると震えている。

そんな姿を見ていると、エレノアは自分がしっかりしなきゃ、と思う。

（ここで私がうろたえても、どうしようもない。大丈夫、大丈夫。泣かないで。わめかないで。きちんと、何をするべきか、考えて）

ぐちゃぐちゃになりそうな気持ちをどうにか引き留め、エレノアは震える声で言った。

「探せば、希望はあるんですか……？」

「見つけましょう、我々で。そのためにも、一刻も早く資料室へいらしてください」

バリーの答えには迷いがなく、瞳は妙に強かった。

エレノアはぎくしゃくとうなずく。

「わかりました、行きます。けれどアレクシス様に許可を取る必要があります」

「エレノア様……！　アレクシス様は今夜はお仕事で皇宮を出ておられまして、朝まで帰らないというお話ですよ！」

メイに耳打ちされ、エレノアは困り顔になった。

「そうなの？　だったら明日以降で、陛下に余裕があるときにお伺いを立てて……」

「そんなことをしていては間に合わないやもしれません！　どうか、今、このときに、私に着いてきてくださいませんか！」

バリーがエレノアの話を途中で遮るように叫ぶ。

間に合わないやも、という言葉に、エレノアは思わずぐらついた。

（そうだ……行かなきゃ。生きるために、アレクと生きていくためにも、行かなきゃ）

アレクはきっと、わかってくれると思う。

自分の病を癒やすために結婚し、薬も自ら呑ませてくれていたくらいだ。

病を治すためなのだと言って、怒ることはないだろう。

だが、もしそうでなかったとしたら？

『よくも勝手なことをしてくれたね。あなたは思ったよりも愚かなようだ』

なんて、吐き捨てられたら？

『俺の命令に従えない者は必要ない。皇帝の威信を傷つける行為は、罰さねばいけないね』

なんて、冷酷にエレノアの処刑を命じたら？

弱った心は暗い想像を呼び寄せるが、それらはすぐに他の想像に押しのけられた。

想像——いや、これは、記憶だ。
まだ少年の気配を色濃く残したアレクが、目の前にひざまずいて告げた記憶。
十年前の記憶。
『俺は、絶対にあなたのところに帰ってくる』
あのとき自分を見上げていた瞳は、宝飾品のようには見えなかった。
恐ろしいほど強く、愚直なくらい誠実な意思のこもった瞳だった。
アレクにはたくさんの秘密がある。冷酷そうなところも、皮肉そうなところもある。
でも、根っこにあるのは、あのときの瞳に沈んでいた、誠実さだと思う。
だからもし、すれ違ってしまっても、何度でも話し合えばいい。
エレノアがエレノアであり、アレクがアレクであるかぎり、きっと気持ちは通じる。
(今は、行こう)
エレノアは心を決めて、そっとバリーの手を取った。
「バリー様。神殿へ行きましょう」

† † †

心を決めたエレノアの行動は速かった。

メイとドレスを取り替えて入れ替わり、深くフードをかぶってメイのふりで塔の警備をすり抜けたのだ。メイがエレノアの命令で神殿にお使いに行く、というていで、実際にはメイが塔に残り、エレノアはバリーについて神殿に向かった。

（神殿は宮殿から遠くないし、すぐに行って帰れるはず）

帝都はもともと緩やかな丘陵地帯にあり、宮殿は丘のてっぺんに作られている。では神殿の位置はというと、宮殿の横の丘の、これまたてっぺんにあった。

エレノアとバリーは城下町を抜け、宮殿の丘とは対照的に緑豊かな神殿の丘を登る。

「懐かしいですね。この森は、十年前のまま」

エレノアは馬の上に横座りで乗り、フードの下から辺りを見渡す。

バリーは馬の手綱を持ってゆっくり歩きつつ答えた。

「そうですねえ。神殿の周りはみだりに建物を増やさないよう、定められていますから」

道は整備されているものの、周囲の森は自然のままでうっそうとしている。片側はところどころ灌木《かんぼく》の生えた崖になっており、見るからに山道だ。

見通しの悪い場所だが、エレノアにとってはなじみ深い場所だった。

「十年前はお菓子なんか夢のまた夢だったし、私たち、この辺りで取れる木の実をおやつ代わりにしてたんですよね。野性のリンゴとか、野いちごとか。野いちごを探して、うっかり毒草を見つけてしまうことなんかも……」

「おやおや、それは初耳ですね」

「あ、心配しないでください。臭いで危険かどうかは大体わかったので、毒草は摘みませんでしたから」

エレノアが慌てて弁明すると、バリーは苦笑して足を止めた。

「聖女たちに注意するために、一応毒草が生えていた場所を聞いておきましょうか」

（あれ？　私たち、急いでたんじゃなかったっけ）

淡い違和感を覚えたものの、エレノアは少し考えてからうなずく。

「確かに。今の聖女のみんなにはビスケットがあるから、野生の草には疎いかもしれないですしね」

（聖女特有の病気が治っても、毒草で倒れるんじゃ困る。少しくらい寄り道しても、私はきっと大丈夫）

エレノアはバリーに助けられて馬から下りると、森の中に入りこんだ。

「ええと、私の記憶より、木が大分育っちゃってるけど……。あ、あの石碑みたいな石、覚えてます。多分毒草はこの石の裏くらいだったかな」

森をしばらく歩き、見覚えのある石碑の裏を覗《のぞ》く。

そこには可憐《かれん》な白い花が密集して生えており、エレノアはほっと息を吐いた。

「今は全然生えてないみたいです。よかった。日当たりとかが変わって、生える草が変わったのかもしれません」

「それはそれは、何よりでした。無駄足を踏ませて申し訳ございません、皇后陛下。お疲れではないですか?」

バリーはうっすらと笑って、腰の革製水筒を取ってエレノアに差し出す。

「どうぞ。ついでに一休みしましょう」

「ありがとうございます」

礼を言って水筒を受け取ろうとした瞬間、エレノアの脳裏にひとつの光景が蘇る。

それは十年前のこと。

エレノアが倒れる直前。

空には暗雲が立ちこめ、帝都のどこかで火が上がっていた。

神殿にはけが人がいっぱいで、エレノアは疲れ果てていて、それでも癒やしの祈りを続けようと、革製水筒から水を飲んだ。

——やけに舌に刺さる、苦い味の水を。

そして、昏倒《こんとう》した……。

(思い出した。あのとき、水筒をくれたのは、事務係だったバリー様)

「痛っ……」

急に指の付け根が痛む。

エレノアは小さな悲鳴を上げて指を押さえ、バリーを見る。

バリーは、笑っていた。

今まで見たことのないような、ぎらついた笑顔で。

「っ……！」

とっさに身を翻して逃げようとする。

が、わずかに早く、バリーがエレノアの腕を摑んだ。

「やっ！　放してください……！」

「放せと言われて放す奴はいませんよ。この水筒でやっと思い出したってことは、今までは本当に倒れる間際のことを忘れてたんですすねえ。やれやれ、よかったよかった」

バリーはにこにこと言うが、エレノアを放す気配は一切ない。

それどころか、乱暴に彼女を白い花の中に放り出した。

「くっ……いやっ……！」

起き上がろうとするエレノアの背中に乗って動きを封じ、袖から取り出した革紐《かわひも》で、手際よくエレノアを後ろ手に縛り上げていく。

ろくに抵抗もできなくなったエレノアを見下ろし、バリーはにやつく。

「あなたが忘れてたんなら、皇帝陛下も私のことは疑ってないってことだ」

「バリー様……一体どうして？　なんで、こんなことをするの？」

衝撃に心を揺らしながらも、エレノアは必死に叫んだ。

十年前の聖女時代から、エレノアはバリーのことを慕っていたのだ。

神殿の上層部にしては珍しい立派な人だと思って、そのように接していた。困ったときは相談したし、なんでも聞かれれば答えていた。

戦時にも、働き過ぎるエレノアを一番労《ねぎら》ってくれたのは彼だった。

だからこそ、彼に渡された水を迷いなく飲んだ。

（でも、あの水、多分……毒の味が、した）

思い出すと背筋がぞっとする。

夢であってほしいし、思い違いであってほしい。

しかし、背中に乗ったバリーは、エレノアの儚《はかな》い希望をあっさり打ち砕く。

「なんでも何も、私はそもそも、あなたを殺すために神殿に入った男ですからねえ」

「わ……わた、し、を、殺すため……？」

何を言っている？　この人は、何を？

（私は、ただの聖女で。みなしごで。殺して、なんになるの）

心で問うても答えは見つからなくて、エレノアは呆然としたまま問いを投げる。

「な、なんで？　私なんかを、なんで……」

バリーは喉の奥でくっと笑い、ポケットから小さな笛を取り出すと、何度か吹き鳴らした。笛は鳥の鳴き声そっくりの音を、森の中に響かせる。

バリーは笛をしまい直してから、粘度の高い声でしゃべり出した。

「私なんか、と来ましたか！　笑えますねえ……。まあ、仲間が来るまではしばらくあるでしょうから、話をしましょうか。あなたの、何も知りません、私は清純です、っていう顔が歪むのをたっぷり見たいですから」

「私は……」

「まあまあ、黙って聞きなさいよ。あなたを殺したがってる人間は、私以外にもたくさんいます。あなただけじゃない。あなたの親兄弟も狙われていた」

不意打ちで親兄弟の話を出され、エレノアは目を見開く。

「親、兄弟？　私の家族を知っているんですか？」

二十年間、天涯孤独だと思って生きてきた。親兄弟の話を聞けるのは本来ならば喜ばしいことだ。しかし相手がこんな男では、不穏な予感しかしなかった。

緊張に顔をこわばらせるエレノアに、バリーは素っ気なく言う。

「ある程度の歳のカルドゥス帝国人ならば、皆知っているんじゃないですか？　先々代の皇帝陛下と、そのご家族でしたから」

「え」

今度こそ、思考が止まった。

（この人……今、何を？）

先々代の皇帝一家。

流行病《はやりやまい》で若くして急逝した、ということしか知らない、遠い世界の人たち。

それが、自分の、親兄弟？

「みなしごの聖女として育ったあなたでも、先々代の皇帝陛下が病死されたのはご存じでしょう？　あれ、実際は権力争いによる毒殺だったんですねえ。一族は根絶やしにされて、遠縁であった当時の尚書官が後を継いだ。これが先代皇帝陛下だ」

バリーは暗い感情をひとつも感じさせないまま、皇宮の暗黒を語る。

「それは……その時点で、皇位簒奪があった、と……？」

エレノアもつられて、思わず他人事みたいに事実を確認してしまう。

そのことがよほど面白かったのか、バリーは自分の膝を叩いて派手に笑った。

「あっはは！　他に取りようがありますか？　そのとおりですよ。そしてあなたは、先々代皇帝の孫です。当然ながらあなたにも刺客が差し向けられましたが、これは失敗」

バリーはどうにか笑いを収めると、エレノアの喉元に指を当て、すっと横にかっ切る仕草をして見せる。本当に斬られたような気がして、エレノアはびくりと身体を震わせた。

バリーは彼女の反応を楽しみながら続ける。

「こう見るとただの小娘なんですがねえ。あなたは、なぜか殺しにくい。危険を予知し、回避する。さらには傷がすぐに治る。殺しあぐねているうちに侍女があなたを神殿に届けてしまった。私の主たる先代皇帝陛下は仕方なしに、私をあなたの監視役につけました」

バリーが、自分の監視役だった。

二十年も同じ神殿に寝起きし、エレノアを見張っていた。

あんまりにも酷い話に、エレノアは頭がくらくらしてくる。

同時に、その話の奇妙さも引っかかった。

(私は殺しにくいって……一体、何?)

自分の親兄弟は、自分が生まれる前か、同時くらいには殺されていた。

そのこと自体、頭が痛くなるくらいつらい話だ。だが、そんな惨劇の中で、なぜ自分だけが生き残った？　しかも、危険を予知するというのは、一体？

混乱するエレノアを置いて、バリーの話は進んでいく。

「そして二十年の時が経ち、先代皇帝の皇位簒奪に勘づいていた先々代皇帝派が連合を組み、反乱を起こしたわけです。万が一にも反乱軍にあなたを奪われたら、反乱に大義名分を与えてしまう。ということで、私はあなたに熊でも殺せるような毒を飲ませた。お察しの通り、あの水筒の水です」

喉の奥にあの酷い味が蘇り、エレノアは顔をしかめた。

(……私が、十年も眠っていたのは……病気ではなく、毒のせい？)

バリーは自分の膝に頬杖をつき、エレノアを見つめて言う。

「エレノアはあれで死んだ、反乱軍のアレクが奪っていったのはあなたの死体……そう信じて先代皇帝陛下はアケル王国に落ち延びましたが、まさかのびっくりですよ。あなたはこうして目覚め、アレクシスはよりによってあなたと結婚をしていた。まずいですねえ」

（そうか。そういうことなんだ。私とアレクの結婚って、世間的には、そういうこと）

先々代皇帝派のアレクと、先々代皇帝の孫のエレノア。

二人が結婚すれば、皇帝直系の血筋が守られる。

アレクは皇位簒奪をした悪帝から、エレノアに帝冠を取り戻した英雄になり、アケル王国に逃れた先代皇帝には復帰のめどが立たなくなる。そういうことだったのだ。

「というわけで、あなたにはアケル王国に着いてきていただきます」

バリーは、その宣言で長い話を終わらせた。

前後して、森の木々ががさり、と揺れる。しかも、一カ所の木々だけではない。

エレノアたちを中心にして、四方の木々が揺れた。

人の気配だ。

バリーは余裕綽々《よゆうしゃくしゃく》でその気配に視線をやり、袖から何かを取り出した。

木漏れ日できらりと光る、それは、細い針のようだった。

「そろそろ仲間が迎えに来たようだ。塔に忍び入るのは難しかったですから、あなたがのこのこついてきてくれてよかったですよ。――あなたは善良で、素直で、愚かだ。それでは、そろそろもう一度、おやすみなさい」

憎しみをこめて囁いて、バリーは針をエレノアの首筋に埋めた。

ひやり、と、異様な冷気が首から入ってくる。

そして、エレノアは気を失った。

† † †

バリーの毒で眠らされたエレノアは、夢をみた。

十年間眠り続けたときとよく似た夢だ。

自分は重い鎧を身につけて、邪悪な魔法で穢れた大地に倒れ伏している。

(どうしよう。夢の中でも、もう一歩も歩けそうにないや)

どろどろの大地を眺めながら、自分はもうダメなのかな、と思う。

もう、この先にはいけないのかな。

親兄弟はいつの間にか殺されて。

預けられた神殿で、信頼できると思った人には監視されていて。

毒を受けて、十年も眠って目覚めたのに、またさらわれようとしている。

「またぼろぼろになっちゃったのね。私の可愛い薔薇の乙女」

「え……？」

澄んだ声に顔を上げると、薄衣をはおった美女がたたずんでいる。

夢の中のエレノアは、ゆっくり瞬きながら顔を上げた。

「あなたは、女神、アステール？」

女神アステールは人なつっこい表情で笑うと、エレノアの前にしゃがみこんだ。

「あら、覚えていてくれてよかったわ。前に会ったのは千年くらい前だった気がするけれど」

「千年前？」

さすがのエレノアも、千年眠ったわけではない。

千年前といえば、カルドゥス帝国建国のころだ。

（それって多分、カルドゥス帝国の初代皇帝、薔薇の女帝のことなんじゃ）

「あの、私、エレノアと言って……」

エレノアが慌てて説明を始めると、アステールは小さく首をかしげる。

「あなたはロゼリアでしょう？　薔薇の乙女。いつもぼろぼろになって、誰かを助けようとしてる。今日も酷いものね。ちゃんとみんな、あなたに感謝してる？」

泥だらけのエレノアを眺め回し、アステールはひょいとエレノアを助け起こした。

か弱い乙女に見えて、なかなかの怪力である。

エレノアは改めてアステールを見上げ、少し不思議な気分になった。

(女神っていうより、親戚のお義姉さんみたい。それになんだか――ちょっと、懐かしい)

以前も夢で出会ったからだろうか。神殿で毎日神像に祈っていたからだろうか。

それとも、エレノアの中の皇帝の血が、アステールを覚えているのだろうか。

エレノアがしげしげとアステールを見つめていると、彼女は唇に笑みを含んだ。

「可哀想なあなたが、私は大好き。だからあなたに加護をあげるわ。いかなる毒も、病も、癒やせる力を」

アステールが宣言した途端、エレノアの身体は温度のない白い光に包まれる。

「すごい……星の光みたい」

目の前にきらきらとつめたい火花が踊って、エレノアは感嘆の声を上げた。

火花はエレノアの周囲を飛び回り、エレノアの鎧に、肌に、吸いこまれて消えていく。

アステールは愛しげに目を細めてそれを見つめ、続けた。

「あなたは何があっても乗り越えられる。やり直せる。あなたが望むかぎり、あなたは私に守られる。そして、あなたを守ってくれた騎士にも、加護をあげましょう」

「騎士？　それって……」

エレノアが聞き返すのには答えず、アステールはエレノアの背後を指さす。

「薔薇の瞳の乙女の危機には、必ず駆けつけられるように。その知らせは、鳥の声にも、朝の日差しにも宿り、騎士フィンレーのもとに届くでしょう」

宣言と共にエレノアの背後も光で包まれる。

まぶしさに目を細めながら、エレノアは背後を振り返った。

そこに誰かがいる気がする。

慣れ親しんだ、誰かの気配がある気がする。

でも、明るすぎて見えない。

真っ白に塗りつぶされた世界で、アステールの声だけが響く。

「もう目を覚ましなさい、ロゼリア。そして、私を守って。あなたの、騎士と共に」

† † †

「……なんだ？　もう目が覚めたのか」

目覚めたエレノアが最初に聞いたのは、バリーのそんな声だった。

自分は相変わらず白い花の中に倒れていて、後ろ手に拘束されたまま。

まだ、毒を打たれてからほとんど時間は経っていない。

（身体は……動く……！）

指先を動かしてみた限り、麻痺《まひ》も痛みもない。

先ほどの不思議な夢がまだ続いているのかもしれない、と思う。

自分には本当に、アステールの加護があるのかもしれない。

バリーはエレノアを見下ろし、鼻を鳴らした。

「まあ、どっちでも構いません。アケル王国に着いたら、あなたは地下牢《ちかろう》行きでしょうねえ。それだけ丈夫なら、最低限の食事でも死なないでしょうし。一生飼い殺しですよ。いずれ、早く死ねたほうがよかったと思うやもしれませんよ」

バリーは恐ろしいことを平気で語る。

エレノアは、つぶやいた。

「……行かない」

「はい？　なんですって？」

バリーが大げさに聞き返してくる。

威圧的な態度だったけれど、エレノアは強い瞳で顔を上げた。

なぜだろう。身体の奥に熱い炎が灯ったようで、ついさっきまで感じていた驚愕《きょうがく》や恐怖を、熱く押し流していってしまったのだ。

エレノアはバリーを見つめて、はっきりと告げた。

「私はアケル王国には行きません。私は女神アステールの元聖女。そして、アレクの、アレクシス・アディンセルの妻です。血筋がどうだかは知りませんが、私は私の意思で、アレクと生きていくと決めました。だから、あなたの思うとおりにはならない」

「はっ！　何が聖女ですか。血筋以外はなんの力も持たない小娘のくせに、何をはき違えたことを言ってるんですかねえ？」

バリーはせせら笑うが、その瞳の奥にはわずかな動揺がある。

それはそうだ。

エレノアは『なんの力も持たない小娘』ではない。

今だって、バリーの毒からあっという間に目覚めたではないか。

（バリーはおびえてる。すぐに次の手は打てない）

エレノアは緊張で脂汗を浮かべつつも、懸命に声を張り上げる。

「殺せるものなら、やってみたらいいじゃないですか。熊も殺せる毒でも死なないで眠っていただけの私を、どうやって殺します？　刃物で刺しますか？　刃物を出した時点でうっかり転んで、あなたの腹に刃物が刺さるかもしれませんよ？」

そうして叫んでいるうちに、森の木々の間から夕暮れ時の薄紫色の陽光が、まばゆく顔に差しこんだ。少しばかりまぶしかったが、エレノアは目を細めることはしなかった。

ただまっすぐに、特徴的な赤紫色の瞳でバリーを見つめる。

暗いところでは黒に近い赤にも見えるエレノアの瞳は、夕日を受けて薔薇色の輝きを放った。まさに宝石のように高貴な色の瞳が、今は強い意志の力で輝いている。

エレノアは、美しかった。

常から美しくはあったが、今はことさら美しく見えた。

白い肌は人間離れしてきめ細やかで、幼い表情の抜け落ちた容貌は古典的な美しさを持っている。ブルネットは彼女の美に知的で高貴な印象を付け加え、引き結ばれた唇には明らかな決意が見えた。

エレノア本人にはわからなかったが、その表情はカルドゥス帝国建国の女帝、ロゼリアのものとうり二つであった。

「……ロゼリア……」

バリーが思わずつぶやき、すぐにはっと我に返る。

「っ……この、化け物が……！　早く、こいつを捕らえてくれ！」

バリーは周囲の森に向かって叫ぶ。

続いて、がさり、と四方の森をかき分け、兵士たちの姿が現れた。

(捕まる……！)

さすがにエレノアの心臓も震えた、そのとき。

ひゅん、と、何かが風を切る音がした。

「……？」

バリーは、何かが顔の横をかすめたのに気付いたのだろう。

怪訝《けげん》そうな顔で、自分の頬を手の甲でぬぐう。

そこには、べったりと血がついた。

「ひっ……！」

真っ青になって叫ぶバリー。

彼の背後には、一本の矢が地面に突き立って震えている。

「ま、待て、待て、どういうことだ？　私はバリーだ！　前皇帝派だ……！」

「前皇帝派、か」

森から歩み出てきた兵士のひとりが、フードを肩に落とす。

夕暮れの光が、その金髪を本物の黄金のように輝かせた。

バリーとエレノアの瞳が、等しく丸くなる。

「貴様……！」

「アレク！」

バリーがうめき、エレノアは叫んだ。

アレクはすらりと長剣を抜き、バリーに向けながら唇に苛烈な笑みを含んだ。

「待たせたね、俺の奥方。この男の言う『前皇帝派』とやらを殲滅《せんめつ》してから来たから、少しばかり遅くなったよ」

「ばかな……殲滅だと？」

バリーは愕然としてアレクを見つめている。

エレノアはというと、今すぐに彼に駆け寄りたい気持ちを抑えるので必死だった。

（アレク。アレクだ。アレク……！）

目の前にアレクがいる。

そのことだけで泣きそうなのに、上手く声を出せない。

アレクは、いつもとは全く違う黒い実戦的な漆黒の軍服に身を包んでいる。

――彼は、戦いに来たのだ。

アレクは重い剣を少しもぶれさせないまま、もう片方の手でぱちんと指を鳴らす。

途端に周囲の兵士たちがバリーに飛びかかり、いともたやすくその身体を拘束してしまった。

アレクは長剣を鞘《さや》に収めると、素早くエレノアに駆け寄った。

「アレク……！」

「少し待って。今、紐《ひも》を切るから」

アレクは囁き、短剣を腰から抜いてエレノアの戒めを切る。

「っ……」

エレノアは声も出せずに、とっさにアレクに抱きついた。

「エレノア。怖い目に遭わせてしまった。すまなかった」

アレクはすぐに力強い腕の中にエレノアを囲いこみ、耳元に切実な囁きをくれる。

エレノアは何度も、何度も小さく首を横に振って囁き返す。

「いいえ！　いいえ……！　私こそ、考えなしでした。ごめんなさい……！」

「謝らないで。あなたは何も悪くない」

アレクは軽くエレノアの額にキスを落とすと、もう一度強くエレノアを抱きしめた。

軍服の胸に強く頬が押しつけられると、うっすらと鼓動が響いてくる。

エレノアは心底ほっとして、唇から吐息を漏らした。

まだ、差しこんできた光は辺りを輝かせている。

アレクの胸に掛かった、あのペンダントも。

「アレク……これは」

エレノアはつぶやき、アレクのペンダントについた指輪を見つめた。

酷く古い指輪のため、摩擦で表面の模様はところどころつぶれてしまっている。

うっすらと分かるのは、カルドゥス帝国の印の薔薇と、アステールの象徴である星が刻みこまれていることだ。

アレクはそれを見下ろし、かすかに微笑む。

「あなたの指輪だ。前皇帝派を殲滅したあと、この指輪が不思議なくらいに光を反射して、俺はあなたに何かあったんじゃないかと思ったんだ。それで顔を上げたら、ちょうどこの辺りで、何かが光った」

「光、ですか」

「そう。きっと、危機に陥ったあなたが鏡か、何かで合図をしているんだと思って駆けつけたのだけれど、俺の予想は当たったかい？」

アレクに問われ、エレノアはまじまじと彼の顔を見つめ直す。

夢の中で、真っ白に光っていた自分の背後。

そこに誰がいたのか、エレノアには、今、はっきりとわかった。

だからエレノアは泣きそうな顔で微笑み、アレクの身体を強く抱きながら言う。

「いえ。私は何もしていないんです。アレクがここに来てくれたのは、多分、あなたが私のフィンレーだから」

アレクは軽く目を瞠ったのち、くずれるように笑った。

淡く残っていた殺気が剝《は》がれ、彼は、まるで十年前の少年のような顔で言う。

「すごいな……やっと、俺の夢が叶った！」

5. 夢から覚めたあとの夢

「なるほど、こいつも前皇帝派だったとは。これはまんまと騙《だま》されましたね」

拘束されたバリーを連れ帰ると、尚書のステファン自らがエレノアたちを出迎えてくれた。

エレノアにとっては、初めて見る顔である。

(ずいぶんとお若いんだ……きっと、アレクのお友達なんだろうな)

そう思ったのは、ステファンの顔を見たアレクの空気が、ふと緩んだからだ。

「バリーは長く神殿に潜入していたから、他の前皇帝派とはいささか溝というか、温度差があったらしい。前皇帝派の主要部隊は、侍女からエレノアの居場所をつきとめ、機を見てさらうつもりだった。これは先んじて我々が殲滅したが……バリーは俺が皇宮を留守にするという情報を仕入れ、勝手に動いたようだな」

「相手の連携ができていなくて幸いでしたが、皇后陛下は危ない目に遭われた。バリーにはいかなる罰を？」

「……！」

エレノアは、はっとしてアレクのほうを見る。

アレクもエレノアをちらと見つめ、困ったように微笑んでからステファンに向き直る。

「皇族への暗殺未遂は、もちろん死罪だ。だが、死ぬまで捕らえておくのでも、大して変わらないような気はするな」

「なるほど？　神殿の改革に尽力したのは確かですし、ま、様子を見ましょうか。牢屋《ろうや》の中でも頭脳労働はしてもらえますし」

「罪人も働かせようとするとは、お前は天才だな」

「使えるものは使うだけですよ」

ステファンのテキパキした裁きに、エレノアはほっと胸をなで下ろした。

ステファンは眼鏡を直しながら続ける。

「さて。皇后陛下の血筋に関しては、バリーがまるっと説明したようですが……いかがでしょう。正統な皇帝の血筋を守るためとはいえ、眠っている間に婚姻が結ばれたのは確かです。皇后陛下は、これを認められますか？」

「え？　認められますか、って？」

エレノアがきょとんとしていると、横でアレクが咳払いをした。

「つまり、その。全てを知ったあなたが、どうしても、この結婚が嫌だというのなら……

それなりに……我々も……どうにか……対処を……」

いつもの見る影がないくらいに肩を落とし、のろのろ語るアレクに、エレノアはびっくりしてすがりつく。

「まさか！　今さら離婚だなんて、そんなこと言うわけないじゃないですか！」

「本当かい？　よかった。俺の魂を死から救ってくれてありがとう……」

まだ少しばかり心労で青ざめているアレクを見ていると、エレノアは段々と面白い気分になってきてしまう。

（まるで、しょんぼりした子犬みたい）

くすり、と笑って背伸びをし、エレノアはアレクの頭を撫でてやる。

途端にアレクは憮然とした顔になり、エレノアを不意に抱き上げた。

「ひゃっ！」

いきなりのことに、エレノアは慌ててアレクの首にしがみつく。

「ステファン！　あとの色々は、打ち合わせた手はずどおりに。俺の公務はこのあと、三日後からだ！」

きっぱりと言い切ったアレクに、ステファンは深く一礼する。

「どうぞ、ごゆっくり。三日くらいは死守してさしあげますよ」

「頼んだ」

アレクは言い捨て、迷わず塔の階段を上っていった。

彼の体温に包まれ、揺られているうちに、エレノアの体は徐々に温まってくる。

思えばとんでもない一日だった。一歩間違えたら死ぬかもしれない緊張の連続から解放されて、体が溶けてくるような感覚がある。

（無事でよかった。アレクが、私が、無事でよかった）

無心のままアレクの胸元に頭を擦り付けていくと、アレクが低く笑う。

「くすぐったいよ、エレノア。あの頃のお姉さんぶりはどうしたの？」

「お姉さんじゃなくて構いません。あなたの近くに居たいだけ」

「抱っこしているのに、まだ足りない？」

からかうようなアレクの声には、大人の熱が含まれている。

エレノアは自分の体の芯にもぽうっと熱が宿るのを感じながら、何度も、何度も頷いた。

「そう……」

アレクは熱いため息を吐くと、蹴り開けるような勢いで寝室の扉を開ける。

エレノアはそのまま慣れ親しんだ塔の寝台に横たえられたが、アレクの首から手を放すことはできなかった。

「アレク……」

エレノアが切なく囁くと、アレクは小さく笑って寝台に上がってくる。

「疲れているはずだ。おやすみの口づけをしてあげる」

囁きかけながら、アレクの唇がエレノアの唇に押しつけられた。

優しいけれど、欲に濡れた口づけが何度か繰り返されて、離れていこうとする。

(足りない……もっと)

エレノアが、とらえたままのアレクの首をぎゅっと抱き寄せたので、アレクはまたくすくすと笑った。見上げれば、悪戯っぽい青い瞳が見下ろしている。

いつもとは違う黒地に黒の刺繍で飾られた軍服に身を包んだ彼は、宝飾品というよりは鍛えられた武器のように、もしくは青い瞳のしなやかな肉食獣のようにも見える。

「どうしたの。本当に俺を放さない気かい?」

「アレクシス、お願い……どうか、今夜は、一緒に」

懸命に訴えかけると、アレクは困ったように眉尻を下げ、腰を押しつけてきた。

「一緒にいたいのは山々だけど、三日の休暇を勝ち取ったんだ。明日もまた会える。今このまま一緒にいたら、俺はまた、あなたを抱いてしまうよ?」

「あっ……」

乗馬のためにペチコートの少ない普段着だったエレノアは、布地ごしに硬くなったアレク自身を感じてしまう。

下腹部近くにぐりぐりとそれを押しつけられると、エレノアの体温は一気に上がった。

彼に情欲の芽生えを感じた途端、エレノアの中でも艶《あで》やかな花が開く。

無垢だった恋の花は、今は大人っぽく甘い香りをまき散らし、エレノアの体をアレクに暴かれるためのものへと変えてしまった。

「はい……そうして、ほしいです」

エレノアが瞳を潤ませて囁くと、アレクは少し意地悪に聞き返す。

「そうしてというのは、なに？」

エレノアは意地悪なんか気にもせず、頬を赤らめ、うっすらと微笑んだ。

「抱いてほしいです。あなたを待たせていた、十年分」

「……あなたは、俺をおかしくさせる天才だ」

アレクは燃えるようなため息を吐いたかと思うと、体を起こして黒い軍服を脱ぎ捨てる。

ぴったりとしたトラウザーズが体から剝《は》ぎ取《と》られて床に落ちると、エレノアの目の前に初めてはっきりとアレク自身があらわになった。

「あ……」

（あれが、私の中に、入っていたもの）

エレノアは軽い衝撃に見舞われ、寝台に横たわったまま裸体のアレクを見つめる。

アレクはそんなエレノアの手を取って引き起こし、あっという間に下着と長い靴下だけの姿にしてしまった。

その間にも、エレノアの視線はアレク自身にちらちらと向けられている。

「はっきり見るのは、初めてだった?」

アレクはくすりと笑い、エレノアの手を取って自身のほうへと導いた。

エレノアはどきどきしながら、硬くいきり立ったそこに指先で触れる。

「熱くなっていますね……」

「大丈夫? 怖くはない?」

「アレクだから、怖くはないです。大丈夫」

むしろ、アレクの一部だと思えば愛おしい気持ちすら湧いてくる。

エレノアはおそるおそる白い指をアレク自身にからめ、きゅっと握ってみた。

彼の欲望は思っていたよりずっと硬くて、上手く指が回らないほどの太さがある。

(これが、私に、あの、夢のような時間をくれる。私とアレクを、繋げてくれる)

そう思うと心からどくどくと愛しさが流れて来て、エレノアは自然とそれに顔をうずめた。

「エレノア?」

戸惑うアレクの声をよそに、エレノアはそのてっぺんに、ちゅっと口づける。

なめらかな感触と独特な香りが唇に残り、エレノアはぼうっとしてしまった。

初めての感覚だけれど、けして嫌ではない。

エレノアはまるで小鳥がついばむように、アレク自身に口づけを落とし続けた。アレクはしばらくは我慢強くエレノアの所業を見つめていたが、ついに我慢ならなくなったのだろう。

エレノアの丸い両肩を摑むと、力をこめて寝台に押し倒す。

「アレク……」

「すまない、エレノア。以前は、あと数年だって待てるなんて言ったが、まったく嘘だな。もう、少しも待てない」

低く押し殺した声で言われたかと思うと、両膝の裏に手を入れられて、太ももが腹につくほどに体を折り曲げられてしまう。

秘めるべきところがすべてあらわになる姿勢に、エレノアは小さく息を吞んだ。

アレクは呼吸を整えながら、真剣に己自身をエレノアの秘花に押し当てる。

なんの準備もしていないのに、秘花はすっかり濡れそぼっていたようで、かすかな水音を立ててアレク自身と擦りあわされた。

「──十年だ。十年、俺がどんな気持ちで待っていたか……今、少しだけ教えてあげようね」

荒くなった息を吐きながらアレクが言い、秘花をこねるように腰を動かす。

「うっ、んんっ、あっ……」

途端にエレノアの口からは、甘い声がこぼれてしまった。

アレク自身の先端が、すでにあふれかけた蜜を秘花全体に塗り広げ、期待している花芽を撫でていく。くぷりと秘唇に埋まりかけては、また出て行ってしまう。

期待と失望が交互に絶え間なく押し寄せてくるので、エレノアの頭の中はあっという間に、アレクを求める気持ちで一杯になってしまった。

「アレク……アレク、おねがい、はや、くっ……！」

懸命に訴えると、アレクはぎりりと歯を食いしばる。

「あなたは、本当に……。いいかい？　俺は、あなたにありとあらゆる甘やかしをしてあげたかったし、ありとあらゆる酷いことをしたかった……こうして、無理矢理あなたを押し開いて……っ……」

「あっっ！　……ぁ、ああっ……！」

アレク自身が力強く媚肉を押し開いて突き進んできたとき、エレノアは白い喉を思い切りのけぞらせて喜びの声をあげた。

すっかり潤っていたとはいえ、慣らされずに挿入されたことで異物感はある。

だが、その押し広げられる感覚がたまらないのだ。

アレクが、自分の中に、入ってくる。

アレクの居場所が、自分の中に無理矢理作られていく。

そのことを、体に、心に、思い知らされる。

愛しい人に蹂躙《じゅうりん》されることがものすごく嬉しくて、頭の芯がじいんと痺れた。

「はは……すごいな、最初と全然違う。中が、必死にしがみついてくる」

アレクはどこか苦しそうに言い、ずるずる、と自身を引き抜き始めた。

途端に腹の中が虚ろになって、エレノアははっと目を見開く。

「やぁ……奥までっ……！」

「大丈夫、すぐ、あげるっ……！」

答えと同時に、アレクは力をこめて腰を進めた。

ずんっと突き上げられる感覚があり、エレノアの隘路がぴったりとアレクで埋め尽くされる。息苦しいような圧迫感に、エレノアは必死に浅い呼吸を繰り返した。

「っ……！　はっ……はっ……」

「あと、もう少し」

アレクはうめき、折り曲げていたエレノアの足を、さらに腹にくっつけようとする。

そうするとさらに深いところまでアレクが入ってきてしまい、腹の奥にずうんと重痛いような感覚が広がった。

「ああっ、アレク、ふか、いっ」

エレノアが眉根を寄せてふるふると震えると、アレクは瞳に陰鬱な色を宿す。

「苦しいと思うよ。一番奥まで当てているから。……俺はね、エレノア。あの指輪をもらった時点で、あなたの正体には気付いたんだ。家族を失った、あなたの不幸にも。あなたを守りたい。女神のように、崇拝していたい。そう思った。なのに……」

アレクがぴったりと密着した腰を動かすと、ぐり、ぐりとエレノアの最奥がこねられた。

「うう……んっ……！」

そのたびに同じ、痛みとも重さともつかない感覚にさいなまれ、エレノアは呼吸を乱す。

アレクはどこか悲しいような目で彼女を見下ろし、足を摑む指に力をこめる。

「なのに、あなたに触れると、どうしても我慢がきかない。血なんか関係ない。俺で、俺だけで、あなたの全部を一杯にしたい。他の誰のことも考えさせたくない。奥の奥まで俺のものにして、俺の証しをなすりつけたい。汚いな……反吐《へど》が出る」

吐き捨てるような言葉が、エレノアの頭の中に染み入ってくる。

(苦しそうな、声。なぜ？)

目の前のアレクの顔が、十年前のアレクの顔とかぶって見えた。

笑ってしまうような些細《ささい》な相談をしながらも、心の内にはずっと何か苦しいものを抱えていたであろう、アレク。

美しく、家柄もよいのに、どこか迷子みたいだったアレク。

エレノアは薄く唇を開く。

（だいじょうぶ）

そう、告げたかった。

大丈夫だよ、アレク。

大丈夫。

そんなに歯を食いしばらないで。

暗い目をしないで。

大丈夫。

私はあなたで一杯になりたいし、あなたのことだけ考えていたい。

奥の奥まで、あなたのものになりたい。

そんなことで、不幸になったりしない。

「あなたは、出会ったそのときから、ずっと美しかったのに。俺は、最初から、汚れていた」

こわばった顔でアレクはつぶやき、なおもエレノアの奥を責め続ける。

そうされているうちに、エレノアの体には徐々に変化が現れ始めた。

重い痛みを感じていた奥が、温かくなってきたのだ。

これは下腹部に溜まる快楽と同種のものだ。

もう少しで快楽に変わる熱だ。

「あれ、く……ここ、なに……？」

エレノアは力の入らない指をのろのろと動かし、自分の腹に触れようとしながら聞く。

アレクはうっすらと笑って答えた。

「俺が今、突いているところ？　ここは、あなたの子を宿すところだ」

「こども……」

口の中でつぶやきながら、エレノアは軽く目を見開く。

（そうか。私、病気じゃなかったし、アステールの加護もある。多分、子供、産めるんだ）

エレノアは、のしかかってくるアレクの顔を見上げた。

アレクは相変わらず途方に暮れた顔でエレノアを見下ろし、懇願するように囁く。

「俺の子を産んでくれる？　エレノア」

ぱあっと世界が明るくなった気がして、エレノアは答えた。

「はい……！　私、あなたの、子供、ほし……ぁっ……！」

答えた途端、腹の奥に感じていた熱が爆発する。

重く鋭い痛みが、全部快感に変わって、エレノアの全身を貫いたのだ。

「あ！　あ、ああっ……！　あぁ、やぁ……、と、まら、な……っ！」

快楽の大波に呑みこまれたエレノアは、涙目で全身を痙攣させる。

今までとは比較にならない、脳がどっぷりと浸かってしまうような快感だった。

その痙攣はアレク自身をも猛烈に絞り上げ、アレクも息を詰めた。

「っ……ぁ、駄目だ、受け止めて」

切実な声に、エレノアは快楽に翻弄されながらも、何度もうなずく。

痙攣を続ける奥に熱いものがほとばしり、エレノアを塗りつぶしていくのがわかる。

「あっぅ、い、あ……」

それがまた快感を生んで、エレノアは終わらない快楽に震え続けた。

アレクは深いため息を吐き、エレノアの最奥から、ずるりと自身を引き抜く。

中には何もなくなったはずなのに、エレノアの快楽はまだ続いていた。

（ん……出ちゃう……）

まだ頭の芯が痺れるような快楽に漬け込まれながらも、エレノアは自分の秘唇に手をやる。とろ……とこぼれだしたアレクの白濁を手で受けて、自ら中に押しこもうとしていた。

それを見ていたアレクは、ほとんど苦しそうに笑ってエレノアの腕を掴む。

「わざとかと聞きたくなるけど、違うんだろうね……？」

ふらふらのエレノアの体を起こさせて、アレクはぎゅっと彼女を抱擁した。

官能的な刺激とはまったく逆の、優しい温かさで心が満たされていく。

何も官能的な動きはされていないのに、エレノアの体はそれだけで小さく達した。

「……アレク……すき、です、好き……」

「……今、抱擁で達したの？　本当に、あなたという人は……」

アレクは困り果てたように言い、エレノアを自分の膝の上に抱え上げた。

エレノアは素直に従い、足に硬いものが当たるのに気付く。

（なに……？）

不思議に思って見下ろすと、達したばかりのはずのアレク自身が、未だに硬さと大きさを保ってそそり立っているのが見えた。

「あ……」

軽く目を瞠ると、アレクがエレノアの耳元に甘く囁いた。

「……今夜は、十年分するから。あなたを俺の形にしてあげる。俺をぴったり受け入れられるようにして、どこもかしこも気持ちよくしてあげるからね」

いっそ脅迫じみたセリフだったけれど、エレノアにとっては望んだセリフだ。

そうしてほしい。いますぐほしい。

エレノアは蕩けた顔で微笑み、そっと頷く。

「うれしい、です。……あなたのものに、してください」

あなたのものに。

あなただけのものに。

聖女は困った人たちみんなのものだ。

でも、今のエレノアは完全にアレクだけのものだった。

これから、もっともっと、アレクのものになるのだ。

それは希望。それは喜び。

かつては想像もつかなかった、幸福だった。

アレクはそんなエレノアを愛しげに見下ろし、首から提げていた指輪を鎖から外した。

「エレノア。聖女だった、エレノア」

アレクは囁き、エレノアの手を取って、きらめく金の指輪を差しこんでいく。

皇帝の血筋を示すその指輪は、あつらえたかのようにぴったりとエレノアの指にはまった。

エレノアは指輪をはめた自分の手を、じっと見つめる。

(指輪……私の、指輪だ)

アレクは指輪をしたエレノアの手を取ると、恭《うやうや》しくも野蛮な目で囁いた。

「この指輪はあなたに返すよ。——これからは、あなたが、俺の指輪だ」

† † †

「エレノア。……エレノア、聞こえてる？」

夢の中で、アレクの声がする。

優しくて、甘くて、品がよくて。

少しつんとしていて、少し心細そうな、アレクの声。

（ここは、どこだろう。花園かな。花と水の匂いがする。アレクは、どこ……？）

朦朧とエレノアが考えていると、腰を持ち上げられて、アレク自身を突きこまれた。

「あっ……？」

ばしゃん、と水音がして、エレノアは目を見開く。

気付けばここは、お湯の中だ。

たくさんの木々を配した、温室みたいなお風呂の中で、エレノアは座ったまま背後からアレク自身を受け入れている。

「のぼせてしまったなら、そろそろ出ないといけないね。ちゃんと言って？」

アレクは笑みを含んで言い、背後からエレノアの腰を摑んで抽挿を再開する。

「あぁっ、そ、それぇっ、だ、めぇっ……」

出し入れされるたびに、腰までのお湯がぱしゃぱしゃと派手な音を立てて跳ね飛んだ。

（そう、だった。私たち、寝台でずっと繋がっていて、汗を掻いたから、お風呂に入ろうってなって……）

ぼんやりと記憶が戻り始めるが、今が何時なのかはわからない。

とにかく、ずっとずっと繋がっていることだけしかわからない。

快楽の中に、思考も、羞恥も、時間も、あらゆることは溶けこんでしまった。

「今さら、何が駄目? 中はぬるぬるでふわふわで、なのにしっかり締まって、完全に俺を抱きしめられるようになったのに。嫌になったなら、きちんと言って?」

アレクは濡れた髪を額に貼り付かせ、エレノアの細腰を自由自在に動かしている。

半分気絶していた間に溜まった快感が一気に襲ってきて、エレノアの眼前は光る星でいっぱいになった。

「ちが……、お湯、汚れてしまう、から……」

それでも必死に主張したのは、すでに中で何度も白濁を受け止めているからだ。

湯船に浸かる前に体を洗い合ったが、それでも気になるものは気になる。

こんなときでも少々貧乏性のエレノアに、アレクはくすりと笑った。

「元々毎日入れ替えるものだから、大丈夫だよ。出したものがこぼれるのが気になるなら、もっと締めてごらん」

「あ……は……いっ……がんばり、ますっ」

快楽で頭が朦朧としているエレノアは、美しいタイルを貼った浴槽のふちに両手をかけて、必死に秘唇を締めようと力をこめた。

とはいえ、開花したそこでこぼれるものを遮るのは、ほとんど不可能だ。

それでもいじらしく締めてくるエレノアを堪能し、アレクは自分の唇を舐めた。

「あなたは、本当に可愛らしい……。そのことをもう少し自覚しなくてはいけないよ。この胸も、どれだけ魅力的だかわかっているかい？」

エレノアの細腰を押さえていた手を、白く豊かな双球へと移動させる。

後ろからすくい上げるようにして揉みしだくと、エレノアの肉筒はきゅっきゅと締まってアレク自身を喜ばせた。

「あう……そ、そこっ……」

「聖女時代は気が気じゃなかった。あなたは、まるで自分の魅力に無頓着だったから……」

アレクはエレノアの胸の突端、色づいたところを左右同時につまみ、縦に押しつぶすように刺激する。

途端に胸全体を快楽の痺れが襲い、エレノアはびくびくとのけぞった。

「アレクっ……」

「あなたがお茶会に誘ってきたときも、正直どうしようかと思ったな。寝ていけなんて言うし、寝間着の胸元から白い胸がこぼれ落ちそうで……俺の理性は陥落寸前だった。十年待ってここで崩れてなるものかと思って、必死に我慢したのを覚えているよ」

そのときのお返し、とばかりに胸の突端をつまんで、ぎゅうっと引っ張られる。

「きゃうっ！　あっ……んぅ……！」

さらに鋭い快楽が、胸からアレク自身を呑みこんだままの下腹部までを貫いていく。

アレクは自身をぎゅうっと締め付けられたのだろう、小さく息を呑み、苦笑交じりにこりこりと胸に快楽を与える動きを繰り返した。

「っ……きついな……。いずれ、ここだけでも達せるようにしよう。聖女のままだったら、一生触れることすら叶わなかったところだ。大事に大事に慣らそうね」

とんでもないことを言われているような気もするけれど、大事に、と言われると、エレノアはそれだけで嬉しい。

「は、い……お願い、します」

エレノアはうっとりと答えた。

アレクはそんなエレノアのうなじに口づけを落とすと、胸から腹へ、するりと手のひらを移動させる。

「でも、今は、もっとこっちを覚えてほしい」

囁かれながらアレク自身を含んだ腹をなで回されると、エレノアの最奥がうずいた。

挿入してもらっているのに、なおも切ない。

まだ、その奥があると知ってしまったからだ。

「アレク、お願い、です……また、奥に、ほし……」

エレノアはアレクを振り向き、切実に懇願する。

アレクはさも嬉しそうに微笑み、エレノアの腹を抱えて腰を高々と上げさせた。

「いいよ。俺はあなたのものだから、いくらでもあげる」

「うれし……アレク……あうっ！　あー………」

抱え上げられた体に、角度を変えてアレクが侵入してくる。

それこそ、奥の奥まで貫かれ、エレノアは愛の悦楽にふるふると震えた。

体が芯からアレクを求めているのがわかる。

心と体が一緒になって誰かを求めるのが、こんなにも気持ちがいいことだなんて。

アレクはぎりぎりまで抜いては、一番奥までねじこむ抽挿を繰り返した。

「アレク……アレク、ぁ、あ、ぅう……」

エレノアはいつしか浴槽の外にくずおれていたが、それでも抽挿は止まらない。

アレクはエレノアの背中にのしかかるようにして、すっかりアレクのものになった秘花の中に自身を埋めてくる。

長い愛の行為で体には重い疲労が溜まっていたけれど、ぴったりと体と体が密着する体勢はとてつもなく気持ちが良かった。

（あたたかい。きもちいい。すき。すき。すき）

やがて体の奥に熱いアレク自身が注ぎこまれると、エレノアはうっとりと首をねじまげ、ぼやけた視界にアレクの顔を探す。

「アレ、ク……」

「エレノア」

囁きの大きさで名前を呼び合い、アレクとエレノアは唇を重ねた。

触れあったところからとろとろと体が蕩けだし、二人の境目がなくなってしまうような、それは素晴らしい口づけだった。

† † †

「――エレノア様。本当に、夢のように素晴らしいお姿です」

メイが感嘆のため息を吐き、一歩後ろへ下がる。

長いことエレノアの髪を直してくれていたのだけれど、そろそろ満足したようだ。

エレノアは少々緊張の面持ちで、自分の姿を見下ろした。

「ありがとう、メイ。……なんだか、あんまりに豪華で、目がくらみそう」

彼女がそう言うのも無理はない。

本日エレノアのために用意されたのは、カルドゥス帝国の威信を賭けて準備されたドレスなのだ。

光沢のある最上級の白い絹をベースに、スカート部分には床に長く引きずる豪奢な真紅のオーバースカートが装着され、そこには素晴らしい技で帝国の紋章がくまなく刺繍されている。金糸で間に合わないところには板状の金や宝石も縫い付けられており、最初見たときエレノアはその豪華さに我が目を疑った。

「歩いているうちに、宝石が落ちたりしないかな、これ」

これまた縁取り刺繍のある手袋をした指でスカートをつまみ、エレノアはつぶやく。

メイはそんなエレノアを見て、くすりと笑った。

「エレノア様は、本当に変わりませんね」

「か、変わろうとは思ってるの、これでも！　勉強も頑張ってるし！」

エレノアは慌ててスカートを離して身なりを整え、きりっとした表情を作って見せる。

アレクが前皇帝派とバリーを捕らえてから、六十日が過ぎた。

けして短い時間ではないが、アレクとエレノアにとっては一瞬だ。

六十日の間にアレクはステファンを片腕に奔走し、前皇帝派の過去の悪事を明るみに出し、エレノアの血筋の証明書を作り、前皇帝派の貴族たち、アケル王国に亡命した前皇帝の裁判を行う手はずを整えた。

一方のエレノアは、皇后として皆の前に出るため、猛特訓を受けていた。

特訓の日々を思い出し、メイが指を折る。

「そうですねえ。歴史でしょう、地理でしょう、語学に、文学でしょう？　さらに礼法に、ダンスに……エレノア様は、勉強に関しては素晴らしく頑張られたし、変わられました。あたしなら、あの本の山を見ただけでひっくり返ったに違いないです」

「元々多少本を読んでいたから、そこは助かったけどね。ほら、目が覚めてすぐのころは、アレクがたまにしか来なくて暇だったから」

エレノアは言うが、帝国の皇后として押さえておくべき情報は膨大だった。

もちろんまだまだ勉強が足りないところだらけだ。

ひょっとしたら、これから一生かけて勉強しても、足りないことだらけなのかもしれない。

それでも、エレノアの心は晴れやかだった。

（あなたの横に居られるようになるんだもの、暗くなりようがない）

エレノアは唇が笑みに緩むのを感じながら、窓辺を見やる。

アレクが前皇帝派を一網打尽にしたことで、エレノアも塔にこもっている必要はなくなり、皇宮内の一角に引っ越している。

内装は豪華になったし、使える部屋の広さも部屋数も倍増したが、窓の外にはベランダはない。誰かがよじ登ってきたり、枝から飛び移ってきたり……そんなことはもうないのだ。

それでも、暇があるとエレノアは窓を見てしまう。
（アレク）
心の中で名前を呼んだ、そのとき、部屋の扉がノックされる。

「――準備はできた？　皇后陛下」

続いて軽やかな声が響いてきて、エレノアはぱっと顔を明るくした。

「もちろんです、皇帝陛下。どうぞ、中へ」

うきうきとエレノアが許可を出すと、両開きの扉が開け放たれる。

控え室からエレノアの部屋に入ってきた人は、それこそ光の固まりのようだった。

普段身にまとっている真っ白な軍服に、ありとあらゆる武勲を示す勲章を下げ、エレノアのドレスとおそろいの真紅のケープを肩にかけて、さらには大粒の葡萄ほどの大きさがある宝石をたわわにつけた帝冠を頂いている。

冠の金や宝石、金の飾り紐や肩章、金ボタン、さらにはケープに縫い付けられた板金が、彼が身じろぐたびに輝いた。

なのに、彼の瞳はそれらすべてをまとめたよりも輝いて見えるのだ。

「ああ……エレノア。今日のあなたはあまりにも神々しくて、なんだか触れられるような気がしないな。ひょっとしてここは麗しき古代の妖精の住み処だった？」

アレクは両手を広げてエレノアに近づいてきながら、嘆息交じりに告げる。

彼の芝居がかった様子に、エレノアはくすりと笑って返した。

「以前もそんなこと言ってましたよ、アレク」

アレクはエレノアの腰に両手を回し、自然に抱き寄せながらうそぶいてみせる。

「そうだったかな？　あなたはいつも素晴らしく美しいから、そういうこともあるかもしれないね」

「あのとき、私がなんて答えたか覚えてます？」

エレノアは彼に寄り添い、悪戯っぽい目で彼を見上げた。

アレクは、いかにも美しい顔にとぼけた表情を浮かべる。

「どうだったかな。触れるどうか、試してみます？　だったかい？」

「違いますよ！　しょうのないことばかり言って。早く中に入ってください、です！」

「あはは、すまないね。あのときはすぐにも食らいつきたくて、自分を律するのが大変だったから。正直ぼうっとしていたんだ」

アレクは声を立てて笑いながら言い、エレノアの額に軽く口づける。

エレノアも、くすくすと笑いながら口づけを受けた。

ひたすらに忙しい六十日間だったが、それでも日々の積み重ねはアレクとエレノアの間の絆を強くしてくれた。

「今は、あなたが触れられる存在だとわかってる。下手にがっついたりはしないさ」

アレクが告げるのは、本心からのことだろう。

心が繋がっていれば、飢えよりも慈しみで体を繋げられる。

そのことを、今のエレノアとアレクは知っている。

「そうですね。無茶《むちゃ》をすると、メイに嫌われてしまうかもしれないし」

エレノアが冗談めかして言うと、アレクはメイに向かって軽く片目をつむった。

「あなたはいい侍女だよ。いざというときはあなたが頭をはたいてくれると思うと、それだけで心が安らぐ」

言われたメイのほうは、呆れ顔で一礼する。

「光栄でございます、皇帝陛下。お二人は仲睦《むつ》まじくあらせられますので、そのような日は永遠に訪れませんでしょう。ご用意が済みましたら、どうぞ、お外へ」

メイの言葉が終わるのとほとんど同時に、再び両開きの扉が開いた。

アレクがエレノアから腕をほどく。

エレノアはすぐに彼の横にならび、アレクの腕に手を回した。

「では、行こう」

「はい、陛下」

短い言葉を交わして、アレクとエレノアは歩き出した。

すっかりしっくりくるようになった歩調を合わせ、エレノアの部屋を出て、控え室を抜ける。

明るい廊下に出ると、ずらりと並んだ色とりどりのステンドグラスから落ちる光を踏んで、先へ、先へと歩いて行く。

(ここから始まるんだ)

エレノアは廊下の先を見つめながら、心がわくわくしてくるのを感じていた。

これから自分たちを待ち受けている未来は、一体どんなものだろう。

楽しいことも、苦しいこともあるに違いない。

確かなのは、どんな未来にもアレクが共に居てくれるということだ。

それだけでエレノアの心は躍り、足取りは雲の上を歩くように軽くなる。

すいすいと長い廊下を歩ききると、果てには大きなステンドグラスの掃きだし窓があった。

世界樹のステンドグラスの前に立っていたのは、正装の尚書官、ステファンだ。彼はエレノアのための、薔薇がからまりあった形の優美な冠をクッションに乗せて捧《ささ》げ持《も》ち、深く一礼した。

「お待ちしておりました、両陛下。この向こうには、噂の聖女様をひと目見ようと、あなた方の国民が待ち構えております。仲睦まじいお姿を見せてやってください」

（噂の聖女様って言われると、恥ずかしいな）

エレノアは少々どぎまぎしながら、ステンドグラスの向こうを見晴るかす。

ガラス一枚向こうは、皇帝の一族しか出ることのできないベランダだ。

煩雑な様々な問題を片付けた果てに、エレノアとアレクはついに自分たちの姿を国民に公開し、これからの帝国をどうしていくかについて民に直接語りかける。

わくわくとどきどきが入り交じった気分のエレノアに、アレクが呼びかける。

「エレノア」

「はい？」

どこか改まった声音だな、と思って見上げると、彼はステファンからエレノアの冠を受け取っていた。二人は改めて向き合い、アレクがエレノアにそっと冠を差し出す。

エレノアは優雅に膝を折り、頭を垂れて冠を頂いた。

頭に感じる、確かな重み。

（これが、アレクと分け合う、重荷）

大丈夫。自分は、きっと乗り越えられる。

エレノアが微笑んで顔を上げれば、そこには皇帝というよりは、十年前のアレクの面影を強く残した青年が、そこにいた。

穢れのない、少々はにかんだ笑みを浮かべて、アレクが囁く。

「改めて、お礼が言いたい。あのとき、窓を開けてくれてありがとう」

——あのとき。

それはもちろん、エレノアが聖女だったころ。

ただの騎士だったアレクが、聖女宿舎の窓を叩いたときのこと。

あのときエレノアが窓を開けなかったら、きっとこんな日は来なかった。

(窓を開けて、よかった)

今のエレノアは、心の底からそう思う。

「どういたしまして、アレク」

アレクに答えながら、エレノアは心からとくとくと温かいものがこぼれるのを感じた。

これは、エレノアが物心ついたころから、困っている誰かのために注いできた温かな気持ちだ。これからは目一杯、傍らの人に注ぎこまれるであろうものだ。

二人は自然と指をからめ、ステンドグラスに向かい合う。

ガラスの向こうから、人々のざわめきと熱気が伝わってくる。

この窓を開ければ、いよいよエレノアの皇后としての日々が始まる。

もう、アレクを待ちぼうけする必要なんかない。

(だって、アレクはもう、窓の外にはいないんだもの)

エレノアはアレクの手をぎゅっと握りしめて、大輪の花が開くように笑った。

「今度は二人で窓を開けましょう、アレク」

アレクはわずかに目を瞠る。

そして崩れるように笑みを浮かべ、エレノアの手を握り返した。

「おおせのままに、皇后陛下。――俺の、エレノア」

あとがき

はじめまして、愛染乃唯と申します。

ここまで読んでくださり、誠にありがとうございました。

最初にあとがきを読むタイプの方も、お手にとってくださりありがとうございます。

お気が向きましたら是非、本文を読んでいってくださいね。

十年眠ったあとに結ばれる、身分違いの二人のお話。

少しでも気に入っていただけましたら、本当に嬉しく思います。

† † †

このお話は「一途でピュア」と「大人で妖しげ」、一粒で二度美味しいタイプの男性を書くぞ！　と思って作ったお話です。

最初は相手をリード（?）できていた主人公が、突然リードされる立場になってしまってあわあわしつつ、最終的には癒やされ、満たされていくお話。

いいのでは？　ロマンなのでは？　と思ったのですが。

蓋を開けてみたら、アレクシスはずっと一途でピュアで、ついでにちょっと様子がおかしい男だった気がしますね……。どうしてこうなった。

作中、アレクシスがエレノアを褒め始めるたびに、

「様子がおかしい……」

と、頭を抱えたんですすが、愛ゆえのセリフを削るのもなんだし。

まあ、好きに喋ってもらおうか……と、放牧した結果が今作です。

思ったように妖艶な美男子キャラにはならなかったアレクシスですが、ゴゴちゃん先生のイラストで素晴らしい外見を頂きました。おかげさまで大人で妖しげな感じも出せている、と、信じようと思います！


イラストに関しては本当に本当に感謝しております。

光り輝く貴公子のアレクシスも素敵だし、主人公のエレノアもかわいくて、かつ、とってもエレノアのお顔ですよね。

頑張り屋さんだけど、気負ったり、張り詰めているわけではなくて。どこか隙のある温かい感じがすごく彼女らしくて、ラフを頂いたとき感動してしまいました。

ゴゴちゃん先生、未熟者の作品に素晴らしい華を添えてくださり、本当にありがとうございました！

†　†　†

ここからは、この本を作っていたときのことを少し。

この本の発売が見えてきた年末年始に、私、巨大な豚のすね肉を頂きまして。

ええ、豚の足を一本。

私が肉が好きだという話を聞いた友人から、頂きまして。

すでにコンフィになったものが冷凍されて届いたのですが、豚って、足だけでこんなに大きいんだ……！　と、驚愕しました。

普段は薄切り肉か、せいぜい生姜焼き用までしか買い求めないのですが、それって私が日本の都市部に住んでいるからで。ファンタジーの登場人物たちは、多分こういう肉を調理しているんですよね。

アレクシスだって貴族だから、小さい頃から狩りに行っているわけですよ。

平時は貴族の集まりでイノシシとか狩ってきては、一番美味しいすね肉はエレノアにあげたいなあ、とか思っていたに違いないです。

実際には聖女がイノシシは食べなそうな世界なので、その願いが叶う日はこなかったと思いますが……。聖女エレノアは、森でるんるんと食べられる木の根を掘ったりしていたんだと思いますが……。

そんなことを考えながら、さっぱり使っていなかった最大の鍋を引っ張り出し、豚のすね肉を真空パックのまま湯煎した年末でした。

大仕事の後に食べたお肉は、大変美味しかったです。

† † †

さて、最後になりましたが、今作を出版するためにご尽力いただきました編集様、その他、この本に関わってくださったすべての方に、限りない感謝を捧げます。

今後もお話をじわじわ書いて生きていけたらと思っております。

どこかでまた、お会いできますように。

愛染乃唯

Vanilla《ヴァニラ》文庫 好評発売中！

ドルチェな快感♥とろける乙女ノベル

……こんなにも濡れて。
なんてかわいいんだ

定価：740円＋税

カタブツ騎士団長は溺愛旦那様!?

～没落令嬢ですがお見合い結婚で幸せになりました～

葛城阿高 ill.唯奈

没落令嬢のアスリは、異国の侯爵家の嫡男で騎士団長のギルファムと結婚することに。一緒にいるうちに仕事人間でカタブツだった彼が、気づけば極甘の旦那様に!?　「こんな劣情を抱くのはあなただけだ」と情熱的に触れられ蕩かされると愛しさが募っていく。その恋情を伝えているつもりなのに、彼は「まだ足りない」ともっともっと欲しがってきて……？

原稿大募集

ヴァニラ文庫では乙女のための官能ロマンス小説を募集しております。
優秀な作品は当社より文庫として刊行いたします。
また、将来性のある方には編集者が担当につき、個別に指導いたします。

◆募集作品

男女の性描写のあるオリジナルロマンス小説（二次創作は不可）。
商業未発表であれば、同人誌・Web 上で発表済みの作品でも応募可能です。

◆応募資格

年齢性別プロアマ問いません。

◆応募要項

・パソコンもしくはワープロ機器を使用した原稿に限ります。
・原稿は A4 判の用紙を横にして、縦書きで 40 字 ×34 行で 110 枚 ~130 枚。
・用紙の 1 枚目に以下の項目を記入してください。
①作品名（ふりがな）/②作家名（ふりがな）/③本名（ふりがな）/
④年齢職業 /⑤連絡先（郵便番号・住所・電話番号）/⑥メールアドレス /
⑦略歴（他紙応募歴等）/⑧サイト URL（なければ省略）
・用紙の 2 枚目に 800 字程度のあらすじを付けてください。
・プリントアウトした作品原稿には必ず通し番号を入れ、右上をクリップなどで綴じてください。

注意事項
・お送りいただいた原稿は返却いたしません。あらかじめご了承ください。
・応募方法は必ず印刷されたものをお送りください。CD-R などのデータのみの応募はお断りいたします。
・採用された方のみ担当者よりご連絡いたします。選考経過・審査結果についてのお問い合わせには応じられませんのでご了承ください。

◆応募先

〒100-0004　東京都千代田区大手町 1-5-1　大手町ファーストスクエアイーストタワー
株式会社ハーパーコリンズ・ジャパン　「ヴァニラ文庫作品募集」係

十年眠って目覚めたら美貌の皇帝に執着溺愛されて皇后になってました!?

Vanilla文庫

2024年2月20日　第1刷発行　定価はカバーに表示してあります

著　者　愛染乃唯　
装　画　ゴゴちゃん
発行人　鈴木幸辰
発行所　株式会社ハーパーコリンズ・ジャパン
東京都千代田区大手町1-5-1
電話　04-2951-2000（営業）
0570-008091（読者サービス係）
印刷・製本　中央精版印刷株式会社

Printed in Japan ISBN978-4-596-53733-1